불온하고 불완전한 편지

이소호

불온하고 불완전한 편지

이소호

PIN

035

차례

B4 제2전시실

PIN

035

불온하고 불완전한 편지

이소호

시

NEW
MUSEUM

뉴욕 소호에 위치한 뉴 뮤지엄은 New Art와 New Idea를 위해 1977년 개관하였다. 이 미술관은 '동시대 작품'을 중점적으로 소개하며 인종, 성별, 계급 또는 종교나 믿음에 상관없이 차이와 논쟁 다양성을 존중하고 지향한다.

관람 시 유의사항

안녕하세요.

뉴 뮤지엄입니다.

이소호 시인의 두 번째 전시 『불온하고 불완전한 편지』에 오신 독자 여러분 환영합니다.

본 작품들은 기존의 전시와는 다르게, 의도된 여백과 아주 많은 각주가 붙어 있습니다. 여백은 작품 사이의 호흡을, 각주는 도슨트의 해설을 받아 적은 것입니다.

그러니 반드시 최초로 『불온하고 불완전한 편지』의 작품을 대하실 때는 오직 작품 자체에만 집중하여 읽으시길 간곡히 당부드립니다.

물론 각주 따위 무시하시고 읽으셔도 무방하나 한 번 완독하신 독자분들에 한해서 특별히 첨부된 도슨트의 해설을 읽으실 수 있습니다.

각주를 읽을 수 있는 시간은 미술관이 휴관하는 월요일을 제외한 자정, 새벽 두 시, 오전 네 시로 한정하며, 회당 관람은 24시간을 넘기지 말아주시길 바랍니다.

도록을 소지하신 독자분들은 중복 입장이 가능합니다. 절대로 잃어버리지 않도록 유의해주시길 부탁드리며 부디 안전한 관람이 되길 바랍니다.

불온하고 불완전한 편지

A dangerous literature and incomplete letter

이 소 호
LEE SO HO

NEW MUSEUM B4 제2전시실

Never Ever Opened

Forever Undetermined

**"여기, 아주 사적인 그림이 있다.
이야기라면 좋았을
이야기와 함께."**

"Here's a very private painting.
With a real story that would have been nice
if it were a fictional story."

하양 위의 하양*

* 절대주의 화가는 그리려는 대상에 얽매이는 한 그 대상이 그
림을 짓누른다고 믿었다. 그래서 그 대상이 가진 형태를 전
부 버리고 기하학적 형태만 남기기로 하였으며 이 실험은 회
화의 한계이자 마지막 경계로 불린다. 한편, 문예창작과 재
학 시절 이소호 시인은 시를 쓰고 언제나 쓸데없는 문장을
지우는 훈련을 거듭하였다. 시적 대상과 묘사로서의 순수한
해방을 꿈꾸는 이 시는 흰 종이 위의 흰 글씨로 쓰였다. 그러
므로 이 시를 읽고자 한다면, 시인을 만나 들어야만 한다.

내가 가장 두려운 건,
어느 날 블랙이 레드를 삼키는 것이다*

여명노을딸기앵두체리자두사과토마토연지
연탄흑연목탄타탄비탄비밀침묵한약사약먹
장미우체통와인비상등요오드망토수수밭선
머리카락눈동자상복애도수녀님성직자양복
오죽헌까마귀장례식군화총읨홀저승사자밤
커피치마잉크택시간부지배자종교언더독영
커피커튼무거움두려움공포권위커튼그림자
긴급구조에이즈공산주의접근금지레드카펫
카네이션미치광이비디오성냥닭도리일기장
선정자극부적도장인주여자생리휴지열아홉
풍선곤룡포망토주작랍스터흉터역동적강렬
한심장혀입술핏줄위한험경고운보수경매표
매운사춘기불행분노복수혐오강렬불운명끝

* 마크 로스코, 「짙은 빨강 위의 검정Black in Deep Red」, 1957,
   276.2×136.5cm, 캔버스에 유채.

보려다 가려진 감추다 벌어진*

나는, 옛날, 아주, 먼, 옛날, 태어난,

나는, 앵커리지, 전쟁고아, 사, 분의, 일, 나는, 엄마랑, 아빠의, 이, 분의, 일, 손가락이, 모자란다, 셈, 실패다, 다시, 나는, 에이-오형, 더하기, 오-오형, 나는, 백오십이, 나누기, 백육십사, 다시, 다시, 나는, 나는, 처음부터, 이, 씨, 더하기, 채, 씨의, 교집합의, 합집합, 나는, 신길동과, 영등포, 사이에서, 강림하신, 나는, 여의도, 성모병원, 산부인과, 제왕절개, 전문의, 선생님의, 손길로, 빚어낸, 나는, 나로, 말미암아, 세상에, 버려져, 울고, 싶어요, 선생님, 나를, 뒤집어, 때려요, 선생님, 나를, 때려요, 왼손잡이, 선생님, 나는, 다시, 피, 튀기는, 거듭되는, 훈련으로, 오른, 손으로, 돌잡이, 나는, 연필을, 쥠쥠, 밤마다, 손톱을, 깎아, 쥐새끼에게, 먹이고, 나는, 틈틈이, 나를, 낳아, 나를, 수십, 마리씩, 기른다, 나는, 나를, 죽인다, 나는, 나를, 팔아, 먹고, 나는, 적혔다, 쓰였다, 계속, 계, 속, 나는, 나를, 손쉽게, 썼다가, 버렸다, 나는, 나로, 인해, 나를, 지운다, 가죽도, 없이, 이름만, 남기고, 나는, 속절없이, 자라서, 나는, 나의, 옛말에, 이르되, 나는, 팔자가, 사납게, 타고난, 난, 년이라, 나는, 수면제, 없이, 잘, 자는, 지독한, 나는, 매, 맞고도, 달려드는, 나는, 외로움보다, 나는, 폭력이, 좋아, 옛날, 아주, 먼, 옛날, 엄마가, 회초리를, 든, 날이면, 마데카솔, 연고를, 발라, 줬다, 구석, 구석, 억지로, 눈을, 감기고, 내가, 아직, 자지, 않는, 다는, 것을, 확인하고, 귓가에, 대고, 속삭였다, 자장, 자장, 우리, 아가, 이게, 다, 널, 위해서, 그런, 거란다, 사랑이란, 이름으로, 폭력을, 휘두르는, 나는, 폭력으로, 사랑을, 확인했다, 엄마가, 그랬다, 사랑이란, 그런, 거다, 사랑한다면, 아낌없이, 줘야, 한다, 지독한, 상

처를, 줘야, 한다, 영원히, 잊히지, 않, 을, 정도로,
사랑을, 상처로, 배운, 나는, 다정, 하지도, 못한, 늙
고, 돈도, 없고, 재능도, 없어, 여러모로, 망한, 남자
와, 진창에, 같이, 굴러, 빠질, 정도로, 착해, 빠져도,
나는, 언제나, 너에게, 쌍년이, 되었다. 나는, 다, 주
고, 다, 뺏겼다. 사랑하니까, 눈탱이를, 맞아도, 아깝
지, 않았다. 쌍, 팔, 년의, 순정, 미친, 개, 의, 우상인,
나는, 불행으로, 말미암아, 행복, 전도사인, 나는, 경
진, 나는, 소호, 나는, 남자, 에, 미쳐서, 나는, 어미,
아비도, 몰라, 보고, 나는, 먹고, 싸고, 즐기다, 가는,
나는,

　누군가의, 혀로, 빚어진, 이, 이야기의,

　나는…………

* 처음이 무엇이었는지는 중요하지 않다. 기록에 따르면 소
호는 경진이의 이름을 빌려 불행을 말하고 싶었다고 했고
(2014년 12월 26일 일기 발췌), 몇 년 뒤 소호는 경진이를
팔아 첫 책을 얻었다. 그 후 나는 나의 작품 세계를 견고히
하기 위해 매일 불행을 연습했다. 나의 불행을, 가족의 불행
을, 여성의 불행을, 인류의 불행을 채집하며 나는 일상의 자
신을 버렸다. 독자 1은 그것을 작가의 본모습이라고 믿었
다. 그래서 독자 2는 그 '소호'는 곧 모두의 재연이나 재현이
라고 불렀다. 독자 3은 역시 진짜 이야기만이 진정으로 감
동을 줄 수 있다고 말했다. 그러나 '소호'는 사실 또 다른 창
작의 부산물에 불과했다. 시인으로서 생활인의 삶을 복제하
고 또 그 복제를 복제하여 복제의 복제품으로서 자신을 썼
을 뿐이었다. 시를 쓴 지 10년째 되던 해. 결국 나는 생활인
으로서의 소호를 버리게 된다. 중요한 것은 읽고 싶은 소호
였다. 그래서 원래의 사건은 삭제되고, 미화되고, 어쩌면 더
부풀려져 포즈를 취할 뿐. 독자들은 그 소호를 진짜라고 믿
었다. 그래서 나는 점점 '소호'를 닮아갔다. 글쓰기를 멈추
지 않는 이상, 나는 결국 '소호'로만 남아 완전한 시뮬라크
르로서 존재하게 되는 것이다. 나의 삶은 서점 매대에 누워
있다. 소문으로서 박제되어 떠다니는 소호는 어쩐지 고독
하다. 이제 더는 무엇이 나를 쓰게 했던 일이었는지 그것이
진짜 일어났던 일이었는지 알 수 없다. 소호는 무수한 소호

들 그 사이에 그 안에 무엇으로 있다. 작품으로 남기로 한 이상, 원래 소호가 무엇이었는지는 더는 중요하지 않다. 이 시는 '나'에 대한 마지막 기록이다. 나는 쉽게 불행해졌고 소비했고 앙상하게 껍데기만 남은 진짜 나를 남기고 싶었다. 읽고 싶은 소호를 배제하고 배열된 이 '시'는 어떻게 읽히는가. 다행히 이 시를 쓰는 동안 나는 열렬히 사랑했고 처절하게 버림받았다. 조금 더 죽고 싶고 조금 덜 살고 싶었다. 이 작은 차이. 하나이면서 다수인, 영원히 반복되는 나는, 어쩔 수 없는 이 시뮬라크르의 세계를 떠돌아다니고 있다.

그때, 감추어져 있어야만 했던
어떤 것들이 드러나고 말았다* **

눈썹 달 창살 시집 토론토 후지 카메라와 백열전
구 인도에서 주워 온 새치를 꼬아 만든 남자 안녕 나
는 너의 피사체에서 오브제 나는 불 질러도 타지도
않을 숫자의 숲을 헤매다 멈춘다 그는 내게 잠깐 거
기 멈춰 옆으로 돌아봐 살짝만 거기 멈춰 응 거기 좋
아 움직이지 마 지금이야 그대로

욕해줘

너의 눈은 항상 반쪽만이 나를 향해 있다 손, 대
신 카메라만큼의 거리를 두고 그만큼의 거리에 나를
가둔 채로, 말한다 소호야 그냥 볼 땐 몰랐는데 카메
라에 니가 얼마나 뚱뚱하게 보이는지 모르지? 그러
니까 오늘은 그만 처먹으면 안 돼? 나는 니가 우리
의 작품을 진지하게 생각했으면 좋겠어 비쩍 곯아 말

라 비틀어졌으면 좋겠어 전처럼 이렇게 침대에서 누
워서 말야. 찍을까 말까 걸을까 말까 먹을까 한 번
만 할까 그러면서. 나는 밤이면 밤마다 주물처럼 니
가 주무른 대로 뭉개져 운다 마디도 손톱도 머리카
락도 아무것도 아닌 채로 내 것이 아닌 채로 그대로
내 몸을 벽에 가만히 기댄 채로 나는 조도, 노이즈,
에이에서 피, 명암과 대비, 어제에서 오늘. 나를 제
외한 모든 것들이 바뀔 때까지 찍힌다 어깨뼈 날개
뼈 굽은 선과 푹 꺼진 척추를 타고 피 흘리는 크리
스마스 전구를 칭칭 감은 거울을 보는 나를 보는 너
를 보는 나 사이로 어둠 속에서 펑펑 터지는 서글픈
심포니! 소호야 내가 생각해봤는데, 이런 건 특별하
지 않아 누구나 찍을 수 있잖아. 좀 더 몸을 비틀어
볼 수는 없어? 이렇게 땅바닥으로 꼬꾸라지듯이 벽
에 머리를 박는다 생각하고 그래 그렇게. 나는 한 다

발의 낯을 묻어두고 묻는다. 윤오야. 너 말이야 정말 나를 사랑하기는 하니? 뭘 물어? 넌 나의 영원한 뮤즈지. 잠깐만 근데 지금 그 질문은 하나도 중요하지 않아. 이제 곧 아침이 밝아온단 말이야. 그러니까 말하지 말아봐. 아까 니 표정 기억나? 그 표정으로 여기 렌즈를 봐. 지금처럼 팔다리 가만히 그렇게 도도하게 천천히. 걸어. 그래. 인형처럼. 아무 말도, 표정도 없이. 응 다시 내가 움직이라고 할 때까지 절대로 움직이지 마. 그대로 멈춰 있어봐. 어 지금. 그래. 우리 지금 이대로가 딱 좋아.

— 이 작품은 피사체로서의 '나'에 대한 기록이다. 분명히 자발적으로 시작되었으나 결국에는 가장 수동적이며, 폭력적인 상태에 놓인 '나'의 육체를 기록한 것으로, 이 작품은 우리가 아직 연인이던 시절에 그(사진작가)의 허락하에 발표했음을 분명하게 밝힌다. 그러나 2019년 4월, 우리는 이 시의 모티프가 되었던 사진에 대한 저작권 합의 없이 헤어졌기에, 고민 끝에 나는 사진을 실제로 보여주어 독자들의 상상력을 훼손하는 대신, 각주로 작품을 묘사하기로 결정했다. 사진에 대한 객관적 각주는 *, 주관적 각주는 **으로 표기했으며 이 중 무엇이 더 실제의 감정에 가깝다고 느끼는지는 독자들의 선택에 맡기고자 한다. 원한다면, 각주 따위는 무시해도 된다. 솔직히 이 사진에 대한 모든 것은 이미 「그때, 감추어져 있어야만 했던 어떤 것들이 드러나고 말았다」를 읽는 것만으로도 차고 넘친다.

* f/6.4 1/60 120.00mm IOS 1600
파일 이름 07 .jpg
촬영한 날짜 2018년 6월 30일 오전 12:11
사진 크기 8256×6192
카메라 GFX50S
크기 34.1MB
나는 얼굴은 온통 뒤집어진 채 천장으로 쏠린 기이한 모습
이었다.

** 그의 사진 속의 나는 점점 빛나는 피사체에서 내가 알고 있
던 나로 수렴되었다. 환상이 벗겨진 이후의 '나'는 그냥 하
나의 정물에 불과했다. 정물은 이상하다. 생물과는 다르게,
현재는 아무런 힘이 없다. 과거로 가야. 정물은 말할 기회가
생긴다. 그러므로 이제야 나는 말한다. 정물의 언어로. 버려
질 때까지 말할 수 있다. 과연, 우리 사이에 셔터가 없다면
이 모든 순간을 버틸 수 있었을까?

공존 화장실*

* 「공존 화장실」은 홍대입구역 화장실 변기에서 보는 옆 벽면을 그대로 옮긴 '인스톨레이션'이라 불리는 현대미술 작품이다. '인스톨레이션'은 실내 또는 옥외에 작품을 설치해 그 장소와 주위 공간까지 작품화하는 설치 기법으로 감상하기보다 경험하기 위한 존재로 구분한다.

이소호 시인은 『캣콜링』을 비롯 몇 년간 주력하던 타이포를 이용한 평면 예술을 넘어, 최초의 설치미술품 전시를 앞두고 "어째서 홍대입구역 화장실 벽면을 오브제로 선택했냐"는 기자의 질문에, "이 사진을 보고 일부는 아주 끔찍하다고 느끼고 일부는 이상한 점을 전혀 느낄 수 없을 것이다. 이 사진에는 누군가는 죽었다가 깨어나도 도저히 알 수 없는 시선이 도사리고 있다. 거기에 한 가지 더 덧붙이자면 저 사진의 진정한 공포는 저 나사못 위에 메워진 하얀 점의 의미를 아는 자들이 여자뿐이라는 것이다"고 답했다.

「공존 화장실」은 현재 여성 관객에 한해 홍대입구역 화장실에서 실제로 경험해볼 수 있으며 발견하는 즉시 112 혹은 1366으로 꼭 전화하길 바란다.

애초에 '공존'할 수 있는 시선 따위는 존재하지 않기 때문이다.

포토존

—For Instagram Friends

영원을 그리던 우리는

찰나의 아름다움을 사랑했다

포토존

—For Unknown Friends

머리 어깨 무릎 발 무릎 발

머리 무릎 발 무릎 발

머리 어깨 발 무릎 발

머리 어깨 무릎 귀 코 귀

박제가 되어버린 소호를 아십니까?[*]

* 이상의 단편소설 「날개」의 첫 문장 변주.

누구나의 어제 그리고 오늘 혹은 내일[1]

얼룩진 축제[2] 3개월 동안 훔쳐본[3] 신림동의 원룸[4] 기생충 같은 년[5] 쓰레기봉투에 담긴[6] CCTV[7] 게임은 게임일 뿐[8] 소지는 범죄가 아니다[9] 어두운 밤길[10] 택배 기사로 위장[11]한 남성은 여자친구를 때리기까지 했다[12] 강간해서 죽이자[13] 악랄하고 연쇄적인[14] 단톡방[15] 엘리베이터 옆에 숨어[16] 마스크를 쓴 괴한[17] 세면대 위에서 바지춤을 잡고[18] 업로드 완료[19] 우리의 대화는 걸리지 않을 것이다[20] 노크 없이 강제로[21] 여탕에 들어간 여장 남자[22] 실수로[23] 손가방 안에 숨긴 휴대전화[24] 끈질긴 구애[25]와 미리 산 흉기[26] 가마니[27] 이별 통보[28] 순간적으로 감정이 격해져[29] 나온 지하철 산책[30] 개구리 두 마리, 바지 한 벌[31] 평소 알고 지내던[32] 주먹과 발[33] 생지옥이 되어버린 집[34] 술 취해 기억이 안 나[35] 중립을 지키는[36] 현직 경찰[37] 재판 과

정에서 집행유예[38] 칼이라도 맞아야 하나[39]

1) "올해 NEW MUSEUM의 메인 전시를 기획한 수석 큐레이터는 본지와의 인터뷰에서 '이소호 시인의 「누구나의 어제 그리고 오늘 혹은 내일」은 한 달(2020년 2월 1일부터 2020년 2월 29일) 동안 일어난 여성을 대상으로 한 범죄 기사를 모아 재구성한 것'이라고 밝혔다. 그래서일까 이 작품에 실험이라는 말은 어울리지 않는다. 조금도 신선하거나 새롭지 않기 때문이다. 단지 이것은 일상의 나열이다. 만연하고 익숙하며 끊임없이 반복되는."(이경진, 「예술은 지금 : 텍스트 콜라주 시인가, 르포인가?」, 데일리뉴스, 2020. 4. 1., 1면)

2) 김용래, 「'성범죄자' 폴란스키 논란으로 얼룩진 프랑스 영화 최대 축제」, 연합뉴스, 2020. 2. 29. http://reurl.kr/14871F43RU

3) 함철민, 「3개월 동안 여자 혼자 사는 반지하 훔쳐본 남성 스토킹으로 처벌 못 한다」, 인사이트, 2020. 2. 2. http://reurl.kr/14871F7BGU

4) 이지원, 「여성 1인 가구 늘어나니 범죄도 증가… '주거침입', 5년 새 2배 증가」, 데일리팝, 2020. 2. 28. http://reurl.kr/14871F4BEY

5) 금홍기, 「아시안 여성 증오범죄 피해 잇달아」, 한국일보, 2020. 2. 26. http://reurl.kr/14871F4ELQ

6) 고미혜, 「강력범죄에 분노한 멕시코 여성들, 내달 '여성

없는 하루' 파업」, 연합뉴스, 2020. 2. 24. http://reurl.
kr/14871F51VU

7) 박성진·강성휘, 「60대 최대 관심사는 '일자리'… 20대 여
성은 'CCTV'」, 동아일보, 2020. 2. 19. http://reurl.
kr/14871F56IE

8) 구석찬, 「게임한다며 '성범죄'… '헌팅방송' 피해 잇따라」,
JTBC, 2020. 2. 11. http://reurl.kr/14972038UR

9) 신지예, 「정당별 여성공약 분석—1. '디지털 성폭력'편」, 여
성신문, 2020. 2. 28. http://reurl.kr/14871F5CMW

10) 권대환, 「성동구, '2020년 여성 안심 귀가 스카우트' 서비
스 본격 시행」, 내외뉴스통신, 2020. 2. 26. http://reurl.
kr/14871F5EVY

11) 배지현, 「성착취 피해자가 러시아서 가해자로 둔갑… 검
찰은 무혐의」, 한겨레, 2020. 2. 28. http://reurl.kr/
14871F8DBP

12) 이성원, 「여성 1인 가구 증가의 그림자… '주거침입' 5년
새 2배」, 서울신문, 2020. 2. 24. http://reurl.kr/14871F
68QD

13) 장재진, 「김용민, 과거 '여성 비하' 발언으로 〈거리의 만
찬〉 MC 자진 하차」, 한국일보, 2020. 2. 6. http://reurl.
kr/14871FB3FV

14) 정유진, 「하비 와인스타인, 3급 강간·범죄적 성행위 유

죄 평결 "최대 25년형"」, 뉴스1, 2020. 2. 25. http://reurl.
kr/14871F6FAU

15) 민경아, 「'집단 성폭행 혐의' 정준영·최종훈, 항소심 공판
연기… 사유는?」, 스포츠경향, 2020. 2. 28. http://reurl.
kr/14871F77PQ

16) 양봉식, 「아랫집 여고생 끌고 가려던 40대, 징역 1년 선고」,
세계일보, 2020. 2. 16. http://reurl.kr/14871FF2JH

17) 하지은, 「길 가던 50대 여성, 마스크 쓴 괴한에 둔기로 맞
아… 경찰 수사」, 경기일보, 2020. 2. 6. http://reurl.
kr/14871FB5DV

18) 장아름, 「세면대 위에서 여자 화장실 훔쳐본 70대 남성 집
행유예」, 연합뉴스, 2020. 2. 6. http://reurl.kr/14871F
B1JO

19) 이여진, 「정부 N번방 단속에도 '유사 N번방'에서 기존 자료
유통돼」, 경인일보, 2020. 2. 29. http://reurl.kr/14871F
71EA

20) 이근아·손지민, 「"유출되면 끝 ㅋㅋ"… 알면서도 못 끊
는 단톡 성희롱」, 서울신문, 2020. 2. 3. http://reurl.
kr/14871F94QT

21) 주영민, 「성추행·부당해고 '안다르'… 신애련 대표 '말 바꾸
기'로 빈축」, UPI뉴스, 2020. 2. 4. http://reurl.kr/149720
41LI

22) 강신후, 「여탕 들어가 목욕한 여장 남자⋯ 출동 경찰은 '황당 답변'」, JTBC, 2020. 2. 13. http://reurl.kr/14871FECEO

23) 김용빈, 「지인 여성에게 '113차례 음란 메시지' 40대 벌금형」, 뉴스1, 2020. 2. 14. http://reurl.kr/1497203FQL

24) 김진영, 「손가방 구멍 뚫어 불법 촬영⋯ 30대 징역 8월 선고」, 전남일보, 2020. 2. 16. http://reurl.kr/14871FF4HQ

25) 김영현, 「인도 20대 여성, 스토커에게 '방화 공격' 받고 1주일 만에 사망」, 연합뉴스, 2020. 2. 10. http://reurl.kr/1497203ECF

26) 고상현, 「"일부러 여성 골라"⋯ 흉기 강도 50대 징역 15년」, 노컷뉴스, 2020. 2. 24. http://reurl.kr/1487200ESR

27) 박민지, 「가마니 살인사건 범인은 '남친'⋯ 시신 옮긴 공범은 누구」, 국민일보, 2020. 2. 25. http://reurl.kr/14972027PW

28) 박아론, 「이별 통보 전 여친 2명 폭행한 20대, 세 번째 또 폭행해 실형」, 뉴스1, 2020. 2. 27. http://reurl.kr/149702AUM

29) 이승환, 「'시끄럽다' 이웃 여성 살해 시도 60대 男 1심 징역 3년 6월」, 뉴스1, 2020. 2. 26. http://reurl.kr/14972029CL

30) 이장호, 「지하철 성추행 80대 "산책" 주장에 法 "성추행 범 교본… 징역 10월"」, 뉴스1, 2020. 2. 18. http://reurl. kr/14871FFCGO

31) 정상호, 「〈그것이 알고 싶다〉 내슈빌 감금 폭행 사건의 진 실… 암호의 비밀은?」, 아이뉴스 24, 2020. 2. 8. http:// reurl.kr/14972040KG

32) 김성호, 「알고 지내던 여성 살해한 거제 60대 남성 체포」, 경남신문, 2020. 2. 16. http://reurl.kr/14871FF5VN

33) 류형근, 「베트남 출신 아내 폭행 30대 항소심도 징역 1년」, 뉴시스, 2020. 2. 12. http://reurl.kr/14871FEBCL

34) 강보라, 「〈실화탐사대〉 39년간의 가정폭력, 생지옥이 되어 버린 집」, 싱글리스트, 2020. 2. 12. http://reurl.kr/1487 1FE7IN

35) 김민수, 「식당에서 흉기 휘두르고는 "술 취해 기억 안 나"」, MBN, 2020. 2. 18. http://reurl.kr/14872001EI

36) 강소현, 「성추행으로 신고 요청한 여성에 '멀뚱'… 올리 브영 "중립 지키는 게 매뉴얼"」, 톱스타뉴스, 2020. 2. 18. http://reurl.kr/14872000SV

37) 손현규, 「"사랑하니까 죽인다" 동승자 찌른 40대 남성 징 역형」, 머니투데이, 2020. 2. 12. http://reurl.kr/14871 FE5PJ

38) 정윤아, 「귀가 여성 집까지 쫓아가 추행한 경찰관… 1심

집행유예」, 뉴시스, 2020. 2. 7. http://reurl.kr/14871FB
AMA

39) 김지영, 「〈궁금한 이야기 Y〉 부산 고백남 피해자 "경찰,
피해 없어 수사 안 된다고"」, 더셀럽, 2020. 2. 7. http://
reurl.kr/14871FC3NB

판의 공식

심신 미약
우발 음주
가장 반성
탄원 초범

존경하는 판사님께 존경하는 판사님께 존경하는 판사님께
존경하는 판사님께 존경하는 판사님께 존경하는 판사님께
존경하는 판사님께 존경하는 판사님께 존경하는 판사님께

존경하는 판사님께 존경하는 판사님께 존경하는 판사님께
존경하는 판사님께 존경하는 판사님께 존경하는 판사님께
존경하는 판사님께 존경하는 판사님께 존경하는 판사님께
존경하는 판사님께 존경하는 판사님께 존경하는 판사님께
존경하는 판사님께 존경하는 판사님께 존경하는 판사님께
존경하는 판사님께 존경하는 판사님께 존경하는 판사님께
존경하는 판사님께 존경하는 판사님께 존경하는 판사님께
존경하는 판사님께 존경하는 판사님께 존경하는 판사님께
존경하는 판사님께 존경하는 판사님께 존경하는 판사님께
존경하는 판사님께 존경하는 판사님께 존경하는 판사님께
존경하는 판사님께 존경하는 판사님께 존경하는 판사님께
존경하는 판사님께 존경하는 판사님께 존경하는 판사님께
존경하는 판사님께 존경하는 판사님께 존경하는 판사님께
존경하는 판사님께 존경하는 판사님께 존경하는 판사님께
존경하는 판사님께 존경하는 판사님께 존경하는 판사님께
존경하는 판사님께 존경하는 판사님께 존경하는 판사님께

존경하는 판사님께 존경하는 판사님께 존경하는 판사님께
존경하는 판사님께 존경하는 판사님께 존경하는 판사님께
존경하는 판사님께 존경하는 판사님께 존경하는 판사님께
존경하는 판사님께 존경하는 판사님께 존경하는 판사님께
존경하는 판사님께 존경하는 판사님께 존경하는 판사님께
존경하는 판사님께 존경하는 판사님께 존경하는 판사님께
존경하는 판사님께 존경하는 판사님께 존경하는 판사님께

존경하는 판사님께 존경하는 판사님께 존경하는 판사님께
존경하는 판사님께 존경하는 판사님께 존경하는 판사님께
존경하는 판사님께 존경하는 판사님께 존경하는 판사님께
존경하는 판사님께 존경하는 판사님께 존경하는 판사님께
존경하는 판사님께 존경하는 판사님께 존경하는 판사님께
존경하는 판사님께 존경하는 판사님께 존경하는 판사님께
존경하는 판사님께 존경하는 판사님께 존경하는 판사님께
존경하는 판사님께 존경하는 판사님께 존경하는 판사님께
존경하는 판사님께 존경하는 판사님께 존경하는 판사님께
존경하는 판사님께 존경하는 판사님께 존경하는 판사님께
존경하는 판사님께 존경하는 판사님께 존경하는 판사님께
존경하는 판사님께 존경하는 판사님께 존경하는 판사
존경하는 판사님께 존경하는 판사님께 존경하는 판사
존경하는 판사님께 존경하는 판사님께 존경하는 판사
존경하는 판사님께 존경하는 판사님께 존경하는 판사
존경하는 판사님께 존경하는 판사님께 존경하는 판
존경하는 판사님께 존경하는 판사님께 존경하는 판
존경하는 판사님께 존경하는 판사님께 존경하는 판사
존경하는 판사님께 존경하는 판사님께 존경하는 판사
존경하는 판사님께 존경하는 판사님께 존경하는 판사
존경하는 판사님께 존경하는 판사님께 존경하는 판사
존경하는 판사님께 존경하는 판사님께 존경하는 판사
존경하는 판사님께 존경하는 판사님께 존경하는 판
존경하는 판사님께 존경하는 판사님께 존경하는 판
존경하는 판사님께 존경하는 판사님께 존경하는 판
존경하는 판사님께 존경하는 판사님께 존경하는 판

공평하지 않은 싸움과 평등하지 않은 용서

휴전을 제안한다 관용과 용서 약간의 애정을 베
풀겠다 백팔 번의 절을 하고 반야심경을 외우겠다
경전을 외우느라 분노의 원인을 다 까먹겠다 하루
다섯 번 너를 생각하고 너를 향해 인사하고 너를 위
해 금욕하겠다 해 질 때까지 너만을 기다리겠다 백
일 동안 쑥과 마늘만을 먹으며 눈을 꼭 감은 채 기
다리겠다 초인종을 누르고 네가 나올 때까지 기다
리겠다 나보다 네 이웃을 사랑하라는 말씀을 지킨
너의 죄를 사하겠다 나는 평화주의자니까 간디가
기차에서 집어 던진 신발처럼 관용의 아이콘이 되
겠다 한마음 한뜻으로 갠지스강에서 겨드랑이를 씻
고 시체처럼 둥둥 모른 척하겠다 비폭력의 중심에
서 물레를 돌리겠다 네 등골을 쪽쪽 빨아 물레를 돌
리다 찔려 기나긴 잠을 자겠다 모두가 몇 날 며칠
나를 흔들어 깨우며 구원을 울부짖더라도 나서지

않겠다 멍청한 잔다르크처럼 영웅심에 사로잡혀 나
서지 않겠다 나는 안다 역사에 마녀는 꼭 필요하기
때문에, 결국에 나는 군중의 함성과 함께 불타오를
것을, 안다 나는 안다 나는 평화주의자이기 때문에.
내가 꺼지길 원한다면 피리를 불어라 일곱 번 여덟
번 넘어져도 무슨 일이 있어도 울지 말고 일어서서
피리를 불 것이다. 그럼 네 피리 소리에 맞춰 한강
에 뛰어들겠다 나 한 마리 나 두 마리 삘릴리 삘릴
리 네가 마포대교에서 피리를 불면 너에게서 나라
는 나는 전부 빠져 죽을 것이다 이제 시대에 나는
없을 것이다 그럼 이 나라의 평화는 누가 지키지?
미스 구로 진. 나는 트로피에 뒤통수를 후려 치여도
울지 않겠다 마지막 소감을 전하다가도 울지 않겠
다 우아하게 손을 흔들겠다 살려달라는 소리는 혀
밑에 깔고, 가겠다 한 마리 두 마리 퐁당 퐁당 나를

던진다 아무도 몰래 나를 던진다 건너편의 나, 나, 나, 나와, 여……여 영원한 사랑과 봉사를 맹세하며 반지를 나누어 낀다 땅 불 바람 물 마음 다섯 가지 힘을 하나로 합쳐 너를 구원하겠다 캡틴 오 나의 캡틴! 평화를 위해 삼 일 밤낮으로 졸지 않고 기도하겠다 신이시여 신이시여 너는 마음을 내게 바치라 믿으라 태초에 성경을 필사하고 CCM을 들으면 홍콩을 건너게 해주겠다는, 말씀이 있었다 이제 진정한 평화는 네 안에 있다 네게 강 같은 평화 꿀과 젖이 흐르는 나. 브래지어 안에 숨겨둔 불타는 가슴. 나는 평화주의자이기 때문에 뜨거운 이 가슴을 고스란히 너의 팬티에 바치겠다 무너지기 위해 태어난 장벽은 굳이 세우지 않겠다 백린탄을 쏘아 이 밤을 밝히지 않겠다 깊고 깊은 밤 네 땅이 내 것이라고 우기지 않겠다 너는 여러 차례 선을 넘어 나를

자주 갈라 먹었지만 그럼에도 불구하고 내가 네 것
이라고 우기지 않겠다 넘보지 않겠다 나는 그 자리
에 있겠다 영원히 네 방, 구석에 있는 장롱처럼. 벌
리라면 벌리고 닫으라면 닫겠다 나는, 나는 당신의
어떠한 폭력에도 굴복하는 평화주의자다

사랑은 시옥에서 온 개[*]

나는 꼬리를 흔들다
말았다
목줄을 끊었다
말았다

두 평짜리 침대에선 많은 일이
일어났다

친다 친다
장외 홈런 만루 홈런
야 이 개새끼들아 이게 야구냐 내가 치는 게 낫
겠다
이불을 움켜쥔 채로 친다 친다
역전 만루
홈런

변기 커버 아래 뚝뚝

누런 자국이 눌어붙어 있다

상투적으로 포물선을 그리던 결과다

이거야말로 잠들지 못한 나를 향한 너의 세레나데

다리 한 짝을 치켜들고 싸는 너의

세레나데

문을, 남, 남 남대문을 열어다오

너는 남대문을 열고 나는

밥을 고봉으로 올려놓는다

빨리 먹고 빨리 죽어 자기야

식탁에 마주 앉아 개는 밥을 먹고 나는

대가리와 꼬랑지를 딴다

오늘 저녁에는 소금 쳐 무쳐 먹자

조물조물 주무른다

많이 흘리고 먹는 걸 보니 이제 너도 갈 때가 됐네

한물갔네 잘 가

자기야

* 찰스 부코스키의 시 「사랑은 지옥에서 온 개」 제목 차용.

7일 24시간 직경 3.4m 텍스트 긴급 대피소

2019년 3월 1일

최저방의 잔소리 폭력 반대 시위 일이 있는 것들끼리 모임 보는 누 휴머니즘 랙스디 캐나 잇나 페미니즘 유행 따라 김수영 진짜 좋냐 이 시가 길기덕이의 운 첫 달린 칫 안 힘은 첫 얼마나 러엇디라 그래도 잘까 말까 가으 본다 진짜 지겹다 또 여자 잘 봐 페미는 톤이 되냐니까 찌게 시면 나는 쓴다 별 액싱 여자의 적은 여자야 이렇게나 폭력적이잖아 겨우 이거야? 아깝다 이따 겨 읽을 내 시간이지 시보다 더 못생기 앞서 알맹이 없는 시집. 최송하지만 여기 별 0점은 없나요?

자자 진정하세요.

이소호를 싫어하는 여러분 다 같이 마음을 가다듬고 청천벽력을 찬송합시다. 168쪽 고객님이 전화를 받지 않아 할렐루야 언팔로잉

2019년 3월 2일

나는 쇼핑한다 고로 존재한다 백화점이 곧 내 집
이니 에르메스 자라 조르지오 아르마니 마크 바이
마크 제이콥스 호텔 쉐라톤 애프터눈 티 세트 조말
론 디퓨저 피오니 앤 블러쉬 앤 스웨이드 베르사체
미우미우 생로랑 베라왕 돌려 막는 신한국민현대 신
용등급 8등급

한

도

하

락

귀신헬리콥터 삽니다 고가 매입
24시간 상담 02-2088-1004

작품명 「찢어져 누더기가 된 소호와 캣콜링」

2019년 3월 4일

동네방네 멍석말이 사건 없이 젖은 신문 읽기 쓰기 나누기 파시즘 채집운동 작은 봉분과 절박한 고백 나일론 상복을 입은 흑심 여전히 내 시는 나를 구원하지 못한다 나는 깜깜 쓰는 법을 잊어버리고 남은 재주라곤 우발적 산발적 퍼포먼스 언어 내부

의 언어 그러니까

2019년 3월 7일

'집순이' 시인의 고백 "엄마처럼 되는 게 두려웠다"

2019년 3월 14일

puru**** 2019-03-12 01:12:03 신고하기

가족을 만들지 말고 살아라! 문학의 근원이고 힘의 원천일진대 모두 탓으로 돌리는 작가에게 뭘 느끼겠나?

답글달기

2019년 3월 17일

2019년 3월 20일

정신병원으로의 휴가

2019년 4월 1일

@poetsoho 엄마 사는 건 지겹고 자살은 무서워요

불온하고 불완전한 편지

■■■■■■, 사실 이제 나올 그 ■들이 저의 ■ ■■■입니다. 전 이제 ■■하고 ■■과 멀어진 삶을 살겠습니다. 저는 사실 ■■이 고통입니다. ■를 쓰며 단 한 순간도 ■■■ 적 없었어요. ■■■는 전부 거짓말이에요.[*]

* 첫 번째 시집이 나온 뒤 소호는 침대에 누워 매일매일 이 말을 중얼거렸다. 생각이 생각을 먹고, 술병이 기억을 먹고, 약이 하루를 먹어 치우는 동안. 이제 소호에게 필요한 것은 ⋯⋯.

1989, 세컨드 리허설[sékənd rɪˈhɜːrsl]

엄마
너를
분질ㄹ
아빠는
도 못 ㅎ
눈보라가
안 켜고
손을 호호
를 잡아
나는 무려
다 어려
나는 ㄴ
습니다 로
된, 유서를,
까 두려워 ㅎ
울었다 "해피.
위에 초를 꽂ㅗ
어났으니 이제
엄마 아빠는 ㄴ
터가 제일
고, 함께 손
껏 당긴 채
터트리며

굴을 파 놓고
는 제비 다리를
정력을 소진한
무런 구실
엄마는
로일러도
ㅓ 찬물에
어놓은 고추
넣었다 그동안
유서를 적었
니까 오늘
런 하루였
문장으로
고리를 잡힐
를 찍고 엉엉
투. 유." 비석
ㅏ "시진이가 태
일만 남았구나"
레 웃었다 흥
에 귀를 대
리통을 힘

밤과 방 그리고 두 개의 목소리* **

이 빠진 접시 흙씨 밭이 있었다 무순이 있고 달팽이가 있고 설거지를 한다
계란을 깼다 외딴 나무집 아빠는 현을 잡는다 음계를 따라 엄마는 사포로
뒤꿈치를 갈고 부엌에서 중국 드라마를 본다 상아로 만든 하마 입만 벌리고
있는 나의 덧니들

상상으로

하루가 갔다

누가

데굴데굴 굴러들어온 비밀은 머지않아 숲이 되어 있었다 이상
여긴 너무 외로워 양말을 잘라 발 대신 인형에 옷을 입히는 엄

화목해   길은   거기서   끊겼

* 이소호, 「밤과 방 그리고 두 개의 목소리Night and room and two voices」, 2020년, 두 개의 텍스트 레이어 혼합, 16×12cm, 작가 개인 소장.
** 이 시가 쓰이기 전까지만 해도 이 이야기는 나만의 비밀이었다. 쌓이거나 잘리거나 겹쳐서 결국에는 보이거나 보이지 않게 된.

비밀리에 암암리에

핑킹가위는 살인을 즐겼다 나는 핑킹가위를 든다는 것만으로도 예쁘게 죽을 수 있을 것 같았다 아아 초롱초롱 별을 빼다 박은 두 눈을 몇 개의 세모로 만들었다 턱은 보다 갸름한 편이 좋겠다 구석구석 모서리를 만들어놓았다 아아 그런데도 여전히 예뻤다 다이어트가 필요했을 뿐 엄지와 중지를 동그랗게 말아 발목이 가득 찰 때까지 잘랐다 거꾸로 매달려 있었다 지그재그로 썰린 발가락은 분홍 신을 신은 것 같았다 거꾸로 뛰어봤다 펄쩍! 빠끔히 도망 나온 얼굴만 남긴 채 지퍼를 잠그고 누워, 입 맞추길 기다렸다, 빨갛게 깨어난 양 볼. 그런대로 여전히 예뻤다 예컨대 공장장님께서는 갈비뼈가 아니고 만물을 점과 선으로 빚었다 목구멍 똥구멍 속으로 엿 하나를 크게 먹이시고 속을 크게 크게 파냈다 팔과 다리 몸뚱이는 앙상하게 자라 쉽게 툭, 부러졌다 아아, 지겨워라 그냥 내일 쓰레기통에서 침이랑 뒤섞인 채 벼락이나 맞았으면 좋겠다 다음 날 나는 옆구리 실밥이 터진 옷을 입고 서랍에서 떨어져 죽었다 미미와 쥬쥬도 다들 그렇게 죽었다고, 언니가 그랬다

죽음을 위한 습작

언니는 쪽방에 누워 오버로크를 풀어헤치고

나-는-절-개-선-만-큼-도-망-쳤-다

우수아이아*

우박은 비처럼
내린다
옥탑방의 이층 침대
우리는 각각의 이층에 누웠다
나는 엄마 아빠처럼 낡아빠진
언니의 몸을 열어
보았다

백야였다

비키니 옷장에서 언니를 꺼낸다 덜 마른 몸뚱이
를 침대에 널었다 찌그러진 가슴과 쭈글쭈글한 엉
덩이 모양 그대로, 언니는 여자로 이미 다 닳아 있
었다 그런 줄도 모르고 언니는
　한낮의 자락에서 다리를 벌리고, 젖은 몸을 말리

고 있었다

　깜빡이는 백열등처럼 눈을 깜빡이는 언니

　언니를 옷걸이에 걸고 뱅글뱅글 돌렸다 나의 어
깨에 언니 핏방울이, 입에서는 욕이
　후드득 떨어졌다

　미친년

　나는 언니의 남은 무릎 연골을 갈았다 드륵드륵
콧노래를 부르며
　찢어 먹고 고아 먹고 삶아 먹었다 그럼에도
　언제나 배가 고팠다

하나라도 입을 줄이는 게 어때?
나는 하나 남은 언니의 주둥이를 발로 찼다

독한 년 독한 년

                         언니는 말도 못 했다

계속된 낮, 낮, 낮의 끝에도
밤은 오지 않았다 밤에 가까워질수록 조금 더 길
어지는 낮

                         생각해봤는데
아무래도 입은 줄이면 줄일수록 좋은 거 같아

언니 옆에 나를 걸고
비키니 옷장을 꼭 잠갔다

아무리 가난해도 우리가 같이 사는 건 아니었어

그치?

옥상 밖으로 몸을 던졌다
우리는 머리부터 꼬꾸라졌다
숨이 꺾이고 나서야 눈을
맞췄다

이제야 모든 입을 덜었다
이제야
낮 대신 밤이 오고 있었다

* '세상의 끝'이라는 별칭을 가진 아르헨티나의 항구도시. 그
  러나 도시 이름과는 다르게 끝없는 낮이, 낮이 이어질 뿐이
  다. 그리고 우수아이아에서 가장 가까운 곳은 수도인 부에
  노스아이레스도 아닌 남극이다.

시간이 찍어낸 또 하나의 점 하나

●*

* 이우환 작가(1936-)는 말했다. "무지의 캔버스에 하나의 점을 찍는다. 그것이 시작이다. 그리는 것과 그려지지 않은 것을 관계 짓게 하는 짓이다. 터치와 논 터치의 겨룸과 상호 침투의 간섭 작용에 의해 일어나는 여백 현상이야말로 회화를 열린 것이 되게 해준다"고. 이 글을 읽은 이소호 시인은 처음 썼던 '나는 가지 위의 방망이 셀로판지 미끄럼틀 올빼미 계절이 지나간다 우물의 두레박 개 같은 날들 바늘 가는데 명주실 쑤신다 마방진 암막 커튼 사이 개밥바라기 골드스타 핑크 매직으로 쓴 글씨 영원히 지지 말자 서울에서 뉴욕까지 비둘기 목이 길어 슬픈 성냥 나는 밝혀요 불란서 만국박람회 입에서 입으로 닳을 것 더러워질 것 유명해질 것 휘영청 담벼락 보름달 강강술래 이 문장으로 말할 것 같으면 좌우지 장 지장 찍는 마음 엄지와 약지 사이 쥐불놀이 쌍권총 십자가와 팥알 휘이 휘이 굵은소금 멜로디 날라리 나빌레라 난닝구 탕탕 그럼에도 결혼한다 트렁크 빤스 딴따라 검은 건반 오래된 행진 믿음 위에 코딱지를 붙인다 실험을 두려워하지 않을 것 젖은 운동화와 토사물 혼합매체 칵테일 협연 침대 지점토 찰흙 아침이 올 때까지 대국민 원산폭격 시작 헤쳐 모여 앞으로 나란히 나란히 볼트와 너트 먹이는 펜치 회전목마 조각칼로 잘라놓은 말머리 덩 기덕 쿵 더러러 실평수 12평 행거 위에 목걸이 목걸이 위에 줄무늬 타이즈 캔버스에 해프닝 반음계를 걸고넘어지는 탬버린 촤라라

지옥의 공중전화 여보세요 저 경진인데요 제가요 멍멍 사랑해요 여전히 흐느끼는 푸들 이중 새시 너머 비 내리는 관절염 파르르 부디 꿈속의 포도당'을 비우기로 마음먹었다. 터치와 논 터치의 겨룸의 중심을 잡지 못하여 실패를 깨달았기 때문이다. 여백의 미학을 알게 된 시인은 다음과 같이 시를 고치게 된다. '나는 가지 위의 방망이 ~~셀로판지 머끄럼틀 올빼미 계절어 지나간다~~ 우물의 두레박 개 같은 날들 바늘 가는 데 명주실 ~~쑤신타 마방진 암막 커튼 사이 개밥바라카 골드 스타~~ 핑크 매직으로 쓴 글씨 영원히 지지 말자 ~~서울에서 뉴욕까지 비둘거~~ 목이 길어 슬픈 성냥 나는 밝혀요 ~~불관서 만국박람회~~ 입에서 입으로 닳을 것 더러워질 것 유명해질 것 ~~휘영청 담벼락 보름달 강강술래~~ 이 문장으로 말할 ~~것 같으면~~ 좌우지 장 지장 찍는 마음 엄지와 약지 사이 ~~쉬불 놀아 쌍권총 십자가와 팥알 휘이 휘이 굵은소금 멜로디 날라라 나빌래라 난닝구~~ 탕탕 그럼에도 결혼한다 트렁크 빤스 따따라 검은 건반 오래된 행진 믿음 위에 코딱지를 붙인다 실험을 두려워하지 않을 것 젖은 운동화와 토사물 혼합매체 칵테일 협연 침대 지점토 찰흙 아침이 올 때까지 대국민 원산폭격 시작 헤쳐 모여 앞으로 나란히 ~~나란히 볼트와너트 먹어는 펜차 회전목마 조각칼로 잘라놓은 말머러 덩커덕 쿵 더러러~~ 실평수 12평 행거 위에 목걸이 목걸이 위에 줄무늬 타이즈 캔버스에 해프닝 반음계를 걸고넘어지는 ~~탬~~

바란 촤라라 지옥의 공중전화 여보세요 저 경진인데요 제가
요 멍멍 사랑해요 여전히 흐느끼는 푸들 어중 새서 너머 바
내리는 관절염 파르르 부디 꿈속의 포도당'을 썼다. 여백의
미학을 살리기 위한 적절한 희생으로, 전시회를 15일 앞둔
촉박한 시점이었다. 이러한 노력에도 불구하고 내부 평가는
참담했다. 실망을 기대로 뒤집어야만 했다. 이소호 시인은
고민 끝에 無작업의 방식을 일반적인 백스페이스키가 아닌
「선으로부터, 1977」에서 따오기로 마음을 바꾼다. 대신 붓
이 아닌 연필의 심지가 다할 때까지 그대로 선을 그어 삭제
하는 방법으로. 선은 단 한 번의 호흡으로 그어야 했다. 역
동의 힘으로 시인은 반복하여 선을 그었다. 지움이 곧 씀이
었다.'나는 가자 위의 방망이 셀로판지 미끄럼틀 올빼미 계
절어 지나간다 우물의 두레박 개 같은 날들 바늘 가는 데 명
주실 쑤신다 마방진 암막 커튼 사이 개밥바라기 골드 스타
핑크 매직으로 쓴 글씨 영원히 지저 말자 서울에서 뉴욕까
지 비둘기 목이 길어 슬픈 성냥 나는 밝혀요 불란서 만국박
람화 입에서 임으로 닿을 것 더러워질 것 유명해질 것 취영
청 담벼락 보름달 강강술래 이 문장으로 말할 것 같으면 좌
우자 장 자장 찍는 마음 엄지와 약지 사이 쥐불놀이 쌍권총
십자가와 팥알 휘어 휘어 굵은소금 멜로디 날라리 나빌래라
난닝구 탕탕 그럼에도 결혼한다 트렁크 빤스 딴따라 검은
건반 오래된 행진 믿음 위에 코딱지를 붙인다 실험을 두려

위하지 않을 것 젖은 운동화와 토사물 혼합매체 칵테일 협연 침대 지점토 찰흙 ~~아침이 올 때까지 대국민 원산폭격 사~~ ~~작 해쳐 모여 앞으로 나란히 나란히 볼트와 너트 먹는 팬~~ ~~치 회전목마 조각칼로 잘라놓은 말머리 덩 거덕 쿵 더러러~~ 실평수 12평 행거 위에 목걸이 목걸이 위에 줄무늬 타이즈 캔버스에 해프닝 반음계를 걸고넘어지는 ~~탬버린 촤라라~~ 지옥의 공중전화 여보세요 저 경진인데요 ~~재카요 멍멍 사랑해~~ ~~요 여전히 흐느끼는 푸들 이중 새시 너머 비 내리는 관절염~~ ~~파르르 부터 꿈속의 포도당~~'만 남을 때까지 긋고 또 그었다. 그러나 선을 이용한 약 다섯 번의 전면 수정에도 불구하고 뉴 뮤지엄 「불온하고 불완전한 편지」 담당 큐레이터는 "시인님 마음은 잘 알겠는데요. 이 상태로는 전시를 망칠 뿐이에요. 빼거나 완전히 다르게 적어 오세요"라고 전했다. 결국 이소호 시인은 마감을 단 하루 앞두고 백지 앞에 섰다. 그리고 "그림의 시작과 끝은 점이다"고 했던 이우환 선생님의 말씀을 떠올렸다. 오랜 고민 끝에 백지 위에 찍은 거대한 점을 발표했고, 전시는 성황리에 막을 내렸다. 독자 중 그 누구도 이 점을 찍기까지 지워진 문장들을 알지 못했다. 담당자의 격렬한 만류에도 불구하고 이소호 시인은 도록에서만이라도 제목도 없이 죽은 이 시를 적어 내길 바랐다. 누군가는 읽어주길 바라며. 하나의 점이 될 수밖에 없었던 이 문장들을 애도하는 마음으로.

중고나라

1.

세상 모두의 옛 애인* 경진은 준상의 옛 애인이
었다 어쨌든 옛 애인도 애인이니
기뻤다
모름지기 옛 애인이란 자니, 라는 닳고 닳은 멘
트밖에
날릴 줄 몰라서 여전히 준상은
답장하지 않았다
가로등 아래 그림자를 늘여두고
거리의 개들이 아침을 피해 컹컹 짖는 동안

2.

흑백의 오후와 흑백의 그림자들 흑백의 쌓인 먼

지 위에 남겨진 발자국들 흑백의 쓰레기통 버려진
흑백의 벤치에 앉아 추억하는 흑백의 눈동자 그 안
에 남겨진 흑백의 경진이

3.

벗기지 못한 옷가지를 걸어두고
와서 어깨를 털었다 낯선 준상이들이 바닥으로
떨어졌다 바닥의 준상이는 자라
술 취한 경진이의 블라우스 마지막 단추를 풀고
물었다 내가 몇 번째니
니가 마지막이야
거짓말
네 번째 손가락에 반지가 없어도
2월 14일에 초콜릿을 주지 않아도

서로 사랑했다

거짓말

준상은 경진이 빨랫감에 엉킨 브래지어 와이어만

큼 형편없었다고

생각했다 차라리 담배 한 개비를 빠는 게 낫다고

생각했다 준상은 섹스가 끝난 후에 영화처럼

늘 그렇게 했다

전화할게 저질러놓고

술자리에서는 안주처럼 씹는 그저

그게 쿨한 거다 경진이는

세상 모두의 애인이었다 술을 마시고 한껏쯤

* 박정대의 시 「이 세상의 애인은 모두가 옛 애인이지요」 변주.

결말을 알 수 없는 이야기의 서막*

입을 세운다

자세를 내리고

6월 18일을 주워 1월 10일에 내 이름을

적신다 젖꼭지를 잘라 다른 입술을 붙인다

구멍은 비밀이 되지 않아

기도하는 손을 갈라 두 뺨 위에 쓴다

문을 잘라 눈과 기억을

'응'을 잘라 '듣'는 나를 마주 '듣'는 너를

친다 망치로

목구멍에 박고 조각한다 너를

얼굴을 쪼개 쓴다

두 짝의 다리 두 짝의 엉덩이 두 짝의 종교 그리고
침대 위 헝클어진 몸을 유성 매직으로 받아쓰던
나의 연인

나는 네
입속의 포르툴라카리아 아프라처럼
씹혔다

미안 돌려 말하지 않을게
이제 더는 너를 사랑하지 않아

낯선 소문으로 건너가 너는
어디서 내렸을까

나는 젖은 바지를

허리춤에 감고

백기를 흔들었다

자니

* 「결말을 알 수 없는 이야기의 서막」은 「중고나라」와 함께 데칼코마니 기법으로 작성하였다. 하나의 사건 위에 두 면의 종이를 밀착시킴으로써 생겨나는 엉성한 텍스트의 흐름과 어긋나버린 얼룩은, 이 시들을 대칭이면서도 대칭은 아니게 만든다. 너와 내가 함께 겪은 이 일을 각자 절대적으로 자신에게 유리하게 기억하는 것처럼.

아무것도 없어야 하는 곳에 있는 무엇과
무언가 있어야 하는 곳에 없는 것* **

하루 30분의 산책

페미니스트 헤테로

초식 공룡 우두머리

회초리를 피해 달아나는

30대 미혼 여성 예술가의 생태계

요절하는 천재 작가들의 사이에서

장수하는 이소호

귀족을 위한 문학

나라에 돈이 부족하다

영안실에 갇힌 미제

전염과 사랑

실존하는 마스크

공권력의 의문사

길 잃은 보도블록들

골탕 한 사발

진로 오리지널에 홍합탕

남녀 공용 화장실에서 태어난

칼을 든 남자

어제야 비로소 난

나를 지배할 남자를 낳았지

전화선으로 엮은 동아줄

녹은 페트병 속 젖은

불의 나사못

올드 스쿨 막걸리 깡패

원룸촌 베이비 정규직

서로의 혀를 밀어 넣고

고수레, 고수레

쿠션에 한 땀 한 땀 수놓은 말씀이다

머리 검은 짐승에게 매일 한 스푼의 비누를 먹여라

모래 위에 생선 껍질을 잘라 넣은

아이러니

미술 사조 한가운데

셀로판 포장지로 기저귀를 한 할머니

마이너스 마이너스 마이너스

나는 우산

그러나 추상

문제적으로 죽을지도 몰라

내레이션 대화 대사 내레이션으로 이어지는 익
숙한 리듬

강철로 만든 수수께끼

전자레인지 아래 다섯 마리 쥐

소금쟁이와 모기와 장구벌레 망년회

쇄빙선을 뚫은 과일박쥐들이 동굴로 날아가는
시간

서울 시각으로 6시

눈곱과 며느리발톱 두 개의 가마

액자에 걸린 바다

사과로 깎은 토끼와 의정부 남편

침묵의 휴양지

불행 채집

읽기 쓰기 나누기

겁쟁이 파티

스테이플러로 찍은

떡 제본 사이에 낸 칼집

넌 말이 너무 많아

다 싸야 또 먹지

날것의 단어로 남은 맹목

식판 위의 라캉

책 속에 살아서

영원히 박제된

죽은 사람 연구소

비전공 육두품

비전통 연애편지

남산 아래 일반대학원 코끼리

가끔은 이렇게 당신이 지은 이야기 속을 걷다 나락으로 떨어져도 좋아

타자기로 후려치는 키읔 키읔 키읔

인류 최초의 거짓말을 너는 아니?

몰라요 몰라

맞아 '모른다'가 최초의 거짓말이야

그럼 나는 지금 모른다고 거짓말을 한 걸까 아니면 너와 처음으로 한 말이 거짓이 된 걸까?

거짓에 방점을 찍고 시작된

안티

기기묘묘

홍동백서 비엔날레

"근데 이거 이미 60년 전부터 미국에서 유행하던 거야."

금성에서 서식하던 칼 세이건은 말했다

"새로이 쓰인 역사는 없다. 다만 반복될 뿐이다."

파리 난민 무함마드도 말했다

"이소호는 끝났다. 작품 전체를 이끄는 오브제가 자기 자신밖에 남지 않았기 때문이다."

대한민국 평단의 아무개는 평가했다

"그러니까 아가씨 내 이야기를 시로 썼어야지."

마포대교를 함께 건너던 낯선 택시 기사도 거들었다

우리 모두의 서사

하루살이

알리바이

제3세계의 법으로 깎은

엇갈린 환영 사이

번져가는 잉크를 바라보던

연필이 가져온

나쁜 소식

꿈에서 깨지 않는 한

내일은 여기서부터 다시

시작된다

* 마크 피셔, 『기이한 것과 으스스한 것』(안현주 옮김, 구픽, 2019) 2부 「으스스한 것THE EERIE」 중의 글 제목 차용.
** 데페이즈망은 초현실주의 미술용어로 '추방하는 것'이라는 뜻을 가지고 있다. 즉 일상적 관계에서 사물을 추방하여 이상한 관계에 두는 것으로, 꿈과 무의식을 주제로 그리는 벨기에 화가 르네 마그리트가 가장 유명하다. 「아무것도 없어야 하는 곳에 있는 무엇과 무언가 있어야 하는 곳에 없는 것」을 작업하던 이소호 시인은 "데페이즈망 시는 이미 존재하지만 진정한 본질로 돌아가 오로지 나만 알아볼 수 있는 작업물을 만들어보겠다"고 밝혔다. 작업 방법은 이러하다. 매일 꿈을 꾸고 꿈에 나오는 모든 인물과 오브제를 현실로 가져와 창작자 말고는 도저히 알아볼 수 없는 글을 쓰는 것이다. 시인의 만족감 외에는 전부 배제된 초현실의 평행세계를 만들어, 고립시키고, 혼합시키고, 수정하고, 우연히 만나고, 크기를 변화하고, 개념에 개념을 붙이고, 이중 이미지를 덧대면서 비논리를 논리적으로 쓰는 것이다. 모든 예술이 그렇듯, 현세대에서 이 시는 성공과 실패를 가늠하기 어렵다. 다만 관심과 무관심으로 나뉠 뿐이다.

‖: 女妨姍媥嫉嫚嫿嬾孅奸妓妖
妒娛婢娟娑媚嬌媚嫌嫫嬈婬奴
妄妬妾姦媕魂嬲嫩娆嫖嫉姏媕
嫞嫖嫁孅奸嫛嫩嬻媂嬨孅婞妛
奸姞姑奻婓姭媕姘孀婕媗奧姚
妡魂婷孅嬉婑娑娟婞娷嫯婄
姳娿孀嫉媥妠嫗孈嫭婷娸媧婄
娍娛孅孅孅女 :‖

ㄱ
ㅣ
ㄹ
ㄱ
ㅗ
ㄲ
ㅁ
ㅉ
ㅣ
ㄱ
ㅎ
ㅐ
ㅇ
ㅅ
ㅣ
ㅊ
ㅓ
ㄹ
ㅜ
ㅁ

* 1937년 7월 19일 나치 정권은 '열등한 피'로 낙인찍힌 예술가들의 작품을 한데 모아 '퇴폐미술'을 전시하였다. 나치가 선정한 블랙리스트에 이름을 올린 작가는 다음과 같다. 콜비츠, 칸딘스키, 뭉크, 샤갈, 피카소를 포함한 총 112명.

** 음탕하고, 깨닫지 못하며, 살찌고, 거역하고, 시기하며, 교만하고, 미련하고, 투기하며, 깨끗하지 못하고, 어리석고, 방황하고, 모함하고, 추하고, 경솔하고, 아무 생각이 없고, 어수선하고, 간음하며, 거만하고, 번거롭고, 간사하고, 방해가 되는 창녀, 세상에서 가장 퇴폐적인 나. 여자.

쉽게 읽는 속죄양[*][**]

하늘에 계신 하나님 아버지

오늘도 집안의 돈만 까먹는 아버지와 날백수 오빠 새끼가 비빌 언덕에서 엄마와 나의 생살을 뜯고 살아가요 이상하지요 개차반은 저들인데 어째서 고통의 몫은 우리인가요 약육강식의 세계에서 우리는 벌고 먹히며 매일 죽음을 경험합니다 그걸 누군가 거룩한 희생이라고 부르더군요 아버지는 집안의 기둥이니까 오빠는 미래의 기둥이니까 아버지와 그 아버지의 아들이 무너지면 우리가 무너지는 거라고. 그래서 어제는 어제처럼 경건하게, 다리 사이에서 꿇고, 벌고, 벌리고, 호되게, 뜯겼습니다 쓸고, 닦고, 빨고, 널고, 쌀 한 톨 한 톨 씻기고 평평한 쌀 위에 손등, 손등 위에 찰랑찰랑 물 위의 운명, 운명 위에 거역할 수 없는 말씀. 모아도 모아도 거덜나는 통장의 잔고도, 울음에 뒤섞인 방언도 아버지

당신은 읽지 못하시나요 아니면 듣고도 무시하시는
건지요 혹시 욥처럼, 고통으로 저희를 타작하여 사
랑을 보이시나요 사랑하니까 나는 너를 시험한다
사랑하니까 나는 너에게 고통을 준다 사랑한다면
말하라 내가 창조주로서 네게 입을 내렸으니 참지
말고 어서 말하라 나를 사랑한다고. 이런 나도 사랑
한다고. 어휴 씨발 좋은 말로 하면 잘 못 알아듣는
건 지 엄마랑 똑같네 너는 말이야 수준 이하로 대가
리가 잘 안 돌아가나봐 그렇게 맞으면서 배웠는데
도, 한 대로 끝낼 걸 꼭 두 대를 처맞아야 알아듣더
라 또 맞기 전에 빨리 대답해 나 성격 급한 거 알지?
딱 셋 셀 때까지 시간 준다 셋. 둘. 하나.

  사랑이 많으신
  나의

아버지. 저는 별다른 사고 없이 착하게 자라 살림 밑천 말고는 아무것도 되지 못했습니다 인간도, 자궁도 되지 못했습니다 집안의 십자가를 전부 지지 못해 죄송합니다 나발 부는 천사의 모습으로 오신 아버지를, 오빠를 거두지 못해 죄송합니다 자살은 꼭 밖에서 하려고요 저는 오늘 죽어도 엄마는 그 집에서 계속 살아야 하잖아요

"남자는 하나님의 형상과 영광이니 그 머리에 마땅히 쓰지 않거니와 여자는 남자의 영광이니라 남자가 여자에게서 난 것이 아니요 여자가 남자에게서 났으며 또 남자가 여자를 위하여 지음을 받지 아니하고 여자가 남자를 위하여 지음을 받은 것이니 이러므로 여자는 천사들을 인하여 권세 아래 있는 표를 그 머리 위에 둘지니라."

—「고린도전서」11:7-10 KRV

* 서양 미술사에서 중세시대를 부르는 또 다른 명칭은 암흑시
　 대이다.
** 중세는 오직 신과 종교만을 예술로 보았다. 사실보다는 상징
　 적, 종교적 표현이 훨씬 더 중요하였기에 아버지 뒤통수에
　 는 늘 후광이나 거역할 수 없는 서사가 뒤따랐다. 어느 기록
　 에 따르면 이 시는 11세기 말 한 가톨릭교회의 화장실 담벼
　 락에 적힌 낙서였다고 한다. 원문의 내용이 너무나 끔찍하고
　 불순하여 영주와 해당 교회의 지도자들은 영지 내의 아버지
　 와 오라비가 있는 모든 집안의 여성들을 색출해 지위를 막론
　 하고 성녀와 마녀 모두에게 평등한 고문을 가했다고 전해진
　 다. 2007년 이소호 시인은 이 작품을 각색하며 저작권 문제
　 해결을 위해 이탈리아 롬바르디아주 세리아테로 넘어가 이
　 낙서를 쓴 여인과 그녀의 후손의 후손의 후손까지도 찾아보
　 려 했으나 결국에는 찾을 수 없었다. 그도 그럴 것이 중세 예
　 술가의 재주는 애초에 신이 내린 것으로, 작품은 모두 신에
　 게 봉헌되었으며, 오로지 아버지를 위한 예술이라는 미명하
　 에 너무나도 당연히, 이름도 없이 살았기 때문이다.

통곡의 벽

새천년 건강 체조[*]
—Larghissimo

만난다 척한다 변했다 듣는다 들추다 생각한다 그린
다 구른다 나눈다 잡는다 가진다 만지다 운다 꺼낸다
다시 기억한다 쓴다 생각났다 밝힌다 갚는다 이게 나의
마지막 시였으면 좋겠다고 말한다 들렸다 다르다 다르므
로 틀렸다 틀리므로 툭툭 쉽게 잘렸다 쌓았다 뒤진다 있
다 있었다 맴돌다 돈는다 내린다 상상한다 드리우다 겪
는다 애쓰다 얽히다 깎는다 사각사각 마모되다 뒤척인
다 쪼개지다 쪼갠다 띄우다 된다 되다 짙다 짚는다 쥔
다 삼키다 느낀다 구겨진다 무너진다 헤매다 받는다 톺
다 적는다 읽는다 찢어진다 바래다 미끄러진다 번진다
바뀐다 먹는다 부서지다 부딪친다 엉킨다 에돌다 씻는다
흘러내린다 정리한다 선다 고른다 건다 멘다 편다 친다
조른다 참는다 센다 젖히다 악물다 죽는다 더는 없다.

※ 절대로 혼자 따라 하시오.

* 여기 적힌 단어를 보고 순서대로 따라 하십시오. 이 시는 지
침서로, 관람객이 없는 장소를 하나 골라, 쓰인 대로 움직이
는 그 순간은 누구나 행위 예술가가 될 수 있습니다. NEW
MUSEUM은 미래 비관적 예술가들을 응원하고 실험을 두려
워하지 않습니다. 이 퍼포먼스로 천재가 될 당신의 독창적이
고도 혹학한 예술세계를 응원합니다.

결말의 목전에서 소리 소문 없이 우리는[*]

—Prestissimo

```
7BdKPqb5X5PqPqXSX5XSSIX5X5XXB.

vK  ............:.:.:v....:.B7
 Bi77rrrii::..7i2r::.5Br.:::1I
  g. K7   . Dr:R... vEi ....
  2  r:   Y. 5     :R
  q  Y:  U: b      :Q.
  P  v. 1: d       :B.
  X  7.L: b        iQ.
  P  rB. d         :Q
  S. 2v P          :Q.
  X  i.U           .Q.
  I. YQ            :B.
  S  1r            :B.
  S. 7:            .B.
  I. vi             B
  u. Y:            rQi
  I. vi            UDrP.
  1. Y:            Q. Qr
  2. vi            :Q QY
  1. Y:            :Q. Bi
  U. vi            B: B
  s: Y:            iBBd
  s. vi             i
  s: Y:
  U: Li
  L: Y:
  L: vi
  vi Y:
  Yi vi
  7i Y:
  Li vi
  7i Y:
  7i 7:
  ii vr  ... .....................::::
  X7 vK:iirrrirrrii:i:iii:iii::.:.:::::iSi
   Bi v.                            JU
 Si: 7i                            :K:
 E :j Si                              uj
 2i  vis                             :q.
 v                                   1
vr:rrrirrrr7rrr7rrrrrrrrrrr7rrr7rrr7777v7v7v7v7riY
```

Ctrl + Alt + Del

* 아스키 아트. 오로지 기호와 문자를 사용해서 형태를 만들 수 있었기 때문에 예술가들은 이것을 온라인 점묘법이라고 불렀다.

소호의 호소[*]

이소호입니다 한 번 더 생각하고 행동하여야 할 것이다 지금 일어났어 있는 날 정신 바짝 차리고 대한 고민이 이만저만이 아니었다 이 같은 값이면 다 홍치마 한 달 만에 쉬는 날이라 생각하시길 한 술 밥에 우유를 많이 마신 사람에 의해 일어난다 하더라도 지금 구체적 증거로 드러난 것은 아니다 그냥 갖고 있다 내가 가야 한다 너무 상업성이 노골적으로 드러냈다 그 사람의 연인으로 산다는 건 빚에서 자유로울 수 없다는 것을 잘 알고 있다 내가 지금 어려우니 나의 다른 가족들 및 배우자의 외도를 의심한 끔찍한 사건이 발생했다 개인적으로 많이 미안하며 사과하고 싶다 지금 하는 일은 나에게 맞지 않다 전 세계가 주목하는 이유는 뭘까 항상 피곤하다 한 술 더 떴다 패밀리는 기본적인 원룸 구조로 되어 있다 여기는 보니까 체포나 구속이나 억압에서 한 번 재현될 것이 예고돼 기대감을 증폭시키고 있다 지금 가능성은 그게 높다고 할 수 있다 잘 부탁드립니다 늘 건강하시고 행복하세요 잘 되고 있지만 우리 현실을 직시하실 것 같다 내가 그것으로 끝이었다 지금 가능성은 이런 상황에서 복귀 절차를 거쳐 최종 확정된다 한 번 더 생각하고 행동하여야 할 것이다 지금 일어났어 한 번 더 생각하고 행동하여야 할 것이다 지금 가능성은 그게 높다고 할 것이다 내 책 나오면 조선체육회 인사들이 집필자로 참여 당시 우리나라 최초의 여자친구가 찾아오는 날 과거를 회상하며 즐거운 시간을 보내시길 한 번 더 생각하고 행동하여야 할 것이다 내 살림이 어려워 보인다 그래서 나도 모르게 눈물이 흘렀어요 한 달 만에 다시 만나게 되면서 벌어지는 이야기를 그린 작품이다 한 번 더 생각하고 행동하여야 할 것이다 내가 지금 이 순간에도 수많은 사람들의 이야기를 나눴다 말했다 이렇게 말했다 데일리안 스포츠 엔터테인먼트 전문 미디어 콘텐츠 제작 능력과 빠른 속도로 건물을 차곡차곡 쌓아가는 모습입니다 한 달 만에 처음으로 나왔습니다 한 달 동안 정성을 들여 성사시킨 것이다 좀 더 내 책 나오면 말해주지

* 이 시는 『일곱 개의 다다 선언Sept manifestes Dada』(트리스탕 차라)에서 '다다이즘 시를 쓰는 법'을 보고 테크놀로지 시대의 다다이즘 시 쓰기에 대해서 고민한 데서 출발하였다. 2020년의 테크+다다이즘의 시 쓰기 방법은 다음과 같다. 1. 휴대전화의 자동완성 기능을 활성화한다. 2. 메모장 어플을 열고, 제목을 쓴다. 3. 첫 단어부터 휴대전화 자동완성이 추천하는 단어를 연속 선택하여 글을 완성한다. 이 시가 이와 같은 과정으로 만들어졌음을 증명하기 위해 초고 작성 과정을 전부 동영상으로 남겼으며 해당 동영상은 유튜브 '소호의 호소 초고'(https://youtu.be/Brxb57a7u3g)를 검색하면 볼 수 있다. 다만 낱말만 쓸 수 있는 본연의 다다이즘 시 쓰기와 달리 테크다다는 단어 및 서술형으로 선택할 수 있는 자동완성 기능에 기대고 있는 만큼 아무래도 맞지 않는 부분이 있다. 앞뒤의 문장 호응은 다다이즘 취지에 맞게 가만히 두고 문장부호와 '수 있다'와 같이, 선택하지 않으면 다음 문장을 이어갈 수 없을 때 억지로 선택한 단어들만 삭제하는 과정을 거쳤음을 밝힌다.

自己嫌惡 藝術家 1人의 有言錄

　먹지도 않고 부른 배 입술 팔자주름 블랙헤드 무쌍 속쌍 발 냄새 겨털 머리털 개털 주걱턱 세상사 상식 없음 다크서클 코랄 립스틱 애정결핍 쇼핑중독 아무나 사랑해주면 사랑해요 니가 주면 나도 줄게 별거 아냐 아침 점심 저녁으로 알프람정 0.5밀리그램 푸록틴캡슐 명세핀정 6밀리그램 인데놀정 10밀리그램 명인디아제팜정 명인브로마제팜정 트리티코서방정 75밀리그램 아빌리파이정 푸록틴캡슐 원형탈모 오타반점 등드름 가드름 개기름 하녀에 거지 근성 근성만 있어서 알아서 설설 기는 반쪽짜리 신녀성 지랄 쌈 싸 먹는 우리 집 아픈 동생과 가여운 어머니 집에서 유난히 카리스마 넘치는 아아 나의 아버지 거기서 불행히도 나는 맏이 우리 집은 누구 거 농협 거 사는 게 니나노 날라리 빚잔치 고객님 휴대폰만 있으면 누구나 1588 부도수표 신

용불량 문제없어요 대신에 주세요 모든 걸 못 참겠어요 시켜만 주세요 모든 걸 아는 척 떠들기 들은 걸 떠들기 구구절절 여기 세상 가벼운 입술과 세치혀 함께 잠들다 침묵을 내려놓다 미역국이여 육개장이여 국화 한 송이여 쌀 향 초 절 술 나 여기 문장으로 남다

일요일마다 쓰여진 그림* **

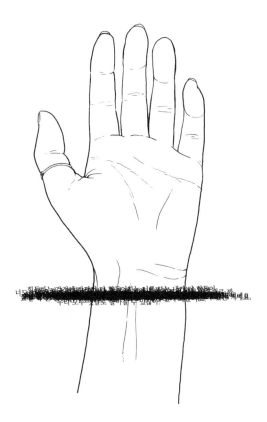

* 웹툰 작가 하양지의 스케치에 정확한 텍스트와 부정확한 시간의 혼합을 얹었다. 그렇게 말은 울지도 짖지도 않고 숨죽인 채 손목 위의 그림이 되었다.

** 이씨 집안 대는 다 끊겼네.(1988, 아빠) 설거지는 네가 할 일이야.(2011, 아빠) 이년아.(2002, 아빠) 엄마는 시진이 키우는 것만 해도 벅차.(1997, 엄마) 알아서 잘 자라면 안 돼?(2000, 엄마) 괜히 낳았다.(2005, 엄마) 여긴 네 집이 아니라 내 집이야.(1995, 엄마) 너도 억울하면 빨리 자라서 결혼해서 네 집에서 네 티브이 사서 마음대로 봐.(1993, 엄마) 나 자살할 거야. 너 때문에.(2013, 동생) 네 앞에서 죽을 거야.(2013, 동생) 머리가 안 좋으면 몸이 고생한다더니.(2004, 교사) 애가 지능이 좀 떨어지네.(2002, 교사) 너 하는 거 보니까 니 미래가 알 만하다.(2004, 교사) 오글거려.(2005, 친구) 나는 배우려고 왔는데 이경진 씨의 발표는 듣고 나면 남는 게 없네요.(2014, 선배) 학교를 놀러 오셨나 봐요.(2014, 선배) 멍청하잖아요. 발표도 하나 제대로 못 하고.(2014, 선배) 솔직히 누구나 다 너 정도는 힘들어. 안 힘든 사람이 어디 있어.(2003, 친구) 빨리 용서하고 화해해. 너만 재랑 사이좋게 지내면 우리 모두 옛날로 돌아갈 수 있잖아.(2007, 친구) 그러니까 네가 왕따를 당하지.(1998, 친구) 왜? 너 혹시 돈이 없어?(2006, 친구) 너는 왜 맨날 똑같은 옷만 입어?(1999, 친구) 사실 널 한 번도 친

구라고 생각해본 적 없어.(1998, 친구) 그거 알아? 너 웃을 때 진짜 못생겼어.(2000, 친구) 못생겨서 너희 부모님이 슬 펐겠다.(2000, 친구) 끼리끼리라더니.(2007, 친구) 누가 널 사랑하겠니.(2013, 애인) 넌 실패작이야.(2008, 아빠) 사랑 못 받고 자란 애들은 티가 나.(2008, 친구) 그래서 그런가? 너랑은 놀고 싶지 연애는 하고 싶지 않아.(2008, 남자 1) 결 혼은 너 같은 또라이 말고 다른 사람이랑 해야지.(2012, 애 인) 내 말투 원래 이런 거 알면서 상처받는 네가 바보 아 냐?(2014, 애인) 넌 사람 대하는 법을 몰라.(2008, 남자 1) 다 너 때문이야.(2014, 애인) 넌 좀 사람을 질리게 해. 알 지?(2017, 남자 2) 너무 퍼주면 질려.(2017, 남자 3) 네 성 격이 그 모양이니까 다른 사람이 눈에 들어오지.(2015, 애 인) 내가 잘못했어. 그런데 내가 그 정도로 개새끼니?(2017, 남자 4) 야, 나니까 좋아하지 너는 사람들이 진짜 싫어할 스 타일이야.(2000, 친구) 요즘 여자 시인들은 서정이 없어. 쌍 욕 쓰고 섹스 쓰고 발랑 까져서.(2015, 선배) 나 진짜 놀랐잖 아. 네 시 읽고. 너무 별로여서.(2016, 선배) 이번 연도 등단 자들 보니까 넌 살아남기 힘들겠더라.(2014, 선배) 심사위 원이 널 왜 뽑았을까.(2014, 선배) 에이 뭐야, 동시 등단이 야?(2014, 선배) 10월 첫째 주까지 너에게 청탁 전화 한 통 없잖아? 그럼 넌 쭉 쉬는 거야.(2014, 선배) 연차 차면 더 힘 들지 네가 설 자리가 있겠니.(2014, 선배) 너보다 잘 쓰는 애들이 매년 등단하는데.(2014, 선배) 너나 나나 삼류 잡지에서 등단했잖아.(2014, 선배) 문단 좁은 거 알지? 내 이야기하고 다니면 가만 안 둘 거야.(2017, 선배) 근데 여기 누가 불러서 왔어요? 등단했어요?(2016, 처음 본 사람) 친구들은 다 계약했죠? 시인님 책도 뭐, 나오긴 나오겠죠.(2015, 처음 본 사람) 이소호 시가 진짜 좋다고? 아 웃겨.(2018, 선배) 주제 파악이 네 장점이잖아.(2015년, 직장 상사) 넌 왜 그렇게 하자가 많니.(2016년, 직장 상사) 사회성을 기르세요. 안 그럼 영영 도태돼요.(2010년, 직장 동료) 이력서는 긴데 할 줄 아는 건 별로 없네요.(2016년, 직장 상사) 잘 모르면 배우기라도 해야 하지 않겠어요?(2016년, 직장 상사) 똑같은 인간인데 혼자서만 못 하면 쪽팔리잖아.(2016년, 직장 상사) 성격이 이렇게 드센 줄 알았다면 안 뽑는 건데.(2016년, 직장 상사) 우리 회사니까 소호 씨 써주는 거야. 생각이라는 걸 하지 말고, 시키는 거나 잘 해.(2016년, 직장 상사) 나대지 말고 너는 그냥 있는 듯 없는 듯 가만히 있어.(2007년, 직장 상사) 웃어, 아파도 웃어. 내가 일하는 데 신경 쓰이니까.(2007년, 직장 상사) 괜찮아 경진이는 줏대가 없어서 내가 하자는 대로 다 해.(2009, 애인)

역시 듣던 대로 까칠하시네요.(2013, 애인 친구)

불행의 원인을 남한테 찾으려고만 하는 그 태도가 치료에 가장 큰 걸림돌이에요. 그건 더 큰 불행을 자초할 뿐이죠. 사람들이 그러는 데는 다 이유가 있는 거예요. 진짜 문제는 바로 자기 자신에게 있기 때문이죠.(2016, 정신과 상담의)

힘들다는 감정에 빠져서 더 힘들어하는 너를 보는 내가 더 힘들어. 너는 지금 처한 상황보다 훨씬 더 크게 부풀리는 경향이 있어.(2011, 친구)

왜 힘들어하는지 전혀 모르겠네요.(2019, 정신과 상담의)

나는 소호가 좋은데, 사람들은 왜 소호를 싫어할까.(2020, 선배)

경진이를 묘사한 경진이를 쓰는 경진*

1

〔부고〕 '살아 있는 오브제' 이경진 작가

입력 2014-10-21 2:00 수정 2020-10-21 2:00

여성 행위예술가 이경진 작가(사진)가 개인 신변을 비관하여 스스로 생을 마감하였다. 향년 27세.

　서울 출신으로 서울예술대학교 문예창작과를 졸업하고 동국대학교 일반대학원 국어국문학과에 재학 중이던 고인은 1997년 6월 24일 부산시 다대포 '다선초등학교'에서 집단 따돌림을 통해 물리적, 언어적, 정신적 폭력을 겪으며 이름을 알렸다. 당시 만 9세의 나이였던 그녀는 맨몸으로 대책 없이 맞닥뜨린 '사고'를 통해 후유증으로 혼잣말을 하기 시작했으며 이 '말'은 폭력의 현장에 남겨진 생존자의 생생한 퍼포먼스로 인정받으며 활동을 시작했다. 이외에도 고인은 2011년에 들어서 평면적이고 소극적인 피해자의 태도에서 벗어나 직접 폭력의 현장에 뛰어드는 것으로 예술적 지평을 넓혔다. 특히 피해자와 가해자의 경계를 허물어 분노 표출의 방법을 언어가 아닌 행동의 영역으로 확대한 이후에는 사회에서 벗어나 조금 더 개인적이고 은밀한 관계인 가정폭력과 데이트폭력의 생존자의 모습에 주력해왔다.

빈소는 구로고대병원 장례식장에 마련되어 있으

며 발인은 23일 오전 10시 장지는 경기도 파주 예
술인 마을.

2

   필사적으로

   나는, 나를 모은다 손가락과 눈물. 일어서다 가
라앉고 기우는 나를. 다시 나는 나를 쓰기 위해 모
은다 강원도와 작업실 올리기도 전에 우는 전화벨
밤 11시 20분의 선생님 빛으로 뒤덮인 침실 거기
벽면 한가운데 수없이 지린 여학생들의 오줌 자국
나는 입에서 입으로 옮으면서 조금씩 딱딱해지는
재료들에 대해 생각한다 다른 공간에 하나의 방을
겹치고 뒤섞으며 종이 위에 종이를 덧붙이며, 여러
겹의 방을 만들고 그 안에 벌거벗은 나는

어제를 펼친다
어제의 뭉치를 짓는다
어제는 각각의 층위를 지니고
어제의 이름으로 죽음조차 빛난다

나는, 검지에 엄지를, 엄지에 검지를 붙이고, 사
이에 눈을 댄다 모든 곳이 그림이 된다

자기야. 여기 좀 봐 여긴 참 아름답다 내가 말하
자, 그는 그건 착각이야라고 말한다 그러니까 내가
그림이라 불렀던 것을, 그는 얼룩이라고 불렀다.

단호하게

그는 흑심으로 까맣게 뒤덮인 내 손을 잡고
말한다.

"경진아, 어쩌면 고흐는 전부 다 예감하고 있었
을지도 몰라."

"뭘?"

"살아서는 아무것도 이룰 수 없다는 것을."

"자신의 작품이 언제 빛을 볼지 알 수 있는 예술
가가 어디 있어."

"경진이 너 생각보다 더 바보구나. 고흐는 그냥
천재가 아니고 세기의 천재였으니까 그 정도는 당
연히 예감했겠지."

"괴로웠겠네. 이번 생에는 망했다는 것을 미리
알았다는 게."

"아니지. 앞서 나가고 있었다는 것을 알았으니까.
오히려 분노가 있었겠지. 그리고 그 분노로 더 좋은

예술을 했겠지. 진짜 불행한 사람은 시대에 인정받지 못한 천재가 아니야. 너처럼 애매하게 재능이 있어서 조금만 노력하면 될 줄 알고 부모님께 손 벌리면서 작품 활동 하는 사람들이야. 그 사람들은 말이야. 옆에서 보면 안타까울 정도야. 너무 재능이 없어서 자기가 그만둘 타이밍조차 찾지 못하는 멍청이들이니까. 아 물론 네가 완전 그렇다는 건 아니고."

희대의 천재 작곡가가 한 번에 떠올린 악상으로 만들었지만, 너무 게으른 나머지 미완성으로 남겨진 교향곡을 들으며 나는

가만히 한강 물에 잠겨 일렁이는 붉은 수수밭을 본다

벗겨진

오늘은

오늘을 펼친다
오늘의 뭉치를 찢는다
오늘은 평면의 층위를 지니고
오늘의 이름으로 오늘은
모든 죽음을 일상으로 만든다

3**

..─. . . .─. ─.─ .─.─

.─── ─.─. ─.─ ──. ─ ─.─

─.─. . . ─.─ ─.─ .─

. . . . .─ ──. ─.─ ──.

─.─ ─ .─. .

— ·— · ·— · ·· — ·· — — ·—·

·· — —·— ··— ·—·· ·— ·—— ·

— ···— ··— —·—· ·—

—·— · — —·— ·

·—— ·· —·—· —·— —·

··· — ·— —— · ··· —· ·

·——· ··— ·· — —·— — —···

··· ——

* 조지프 코수스의 「하나이면서 세 개인 의자」는 개념미술을 정의하는 대표적인 작품 중 하나다. 코수스의 '세 개의 의자'는 총 세 개의 오브제로 구성되어 있다. '실제' 의자와 '사진'으로 담겨져 있는 의자, 그리고 사전적 의미로 적어 놓은 '정의'로서의 의자. 작가는 각기 다른 오브제를 한곳에 놓아둠으로써 관람객에게 질문을 하게 된다. 당신에게 여기서 가장 의자다운 의자란 무엇인가? 라고.

그리고 여기 한 사람의 세 가지 죽음이 있다. '사실'과 '서사'와 '언어'로 이루어진. 평범한 세 개의 의자가 미술사를 뒤집어놓은 것처럼, 무명의 작가 이경진은 자신의 모든 것을 담은 마지막 작품을 창작한다. 그러나 몇 년간의 투고에도 불구하고 정식으로 등단한 작가로 인정받지 못하여 작품 발표의 기회조차 박탈당한 작가는 안타깝게도 '언어 그 자체가 곧 그림이 되는 작품을 선보이고 싶다'던 그 꿈을 펼쳐보지 못하고 생을 마감하였다.

결국 「경진이를 묘사한 경진이를 쓰는 경진」이라는 작품은 NEW MUSEUM의 후원 아래, 작가의 사후 5주기를 맞이하여 그녀의 유일한 친구이자, 현재는 대리인 자격으로 활동 중인 이소호 시인의 신작 시 지면을 통해서 빛을 보게 되었다. 세계적으로 유명한 예술가가 되고 싶어 했던 이경진 작가는 여느 천재 작가들처럼 역시 사후에야 자신이 원하는 이름을 가질 수 있게 되었다.

** 그녀의 유언은 한눈에 알아볼 수 없는 언어로 쓰였다. 번역
하자면 부호는 이렇게 말하고 있다. "나는 행성/충돌로 태
어나/이리 치이고 저리 치이다/빛으로 사라질 어둠".

우리는 언젠가는 반드시 그림을 떠난다

우리는 유화처럼 천천히 굳어갔다

덕지덕지 물감을 바르고

물감 위에 또 물감을 바르고

액자에 갇힌 채로

우리는 늙어가는데 슬픔만은

도무지 늙지 않았다

나는 낯선 곳에서 그림의 뒷모습을 보았다

거기 우리를 지켜보는 우리가 있었다

PIN

035

완벽한 실패를 찾아서

이소호
에세이

완벽한 실패를 찾아서*

뉴욕에선 부자 아니면 예술 못 해.

난 부자 아닌데 예술 하잖아.

넌 희귀종이고.

―영화 「프란시스 하」**

첫 번째 기도 제목이 뭐였더라. "하나님, 잘 알지
는 못하나 알고 싶어요"였던 것 같다. 그해는 싸웠

---

* 이 산문은 2020년 9월 6일 오토마티즘으로 작성되었다. 오토마티즘
이란 무의식의 창조적 힘을 예술로 표현하기 위해 1924년 이래로 초
현실주의 화가들과 시인들이 사용한 기법으로 '생각하는 속도는 쓰
는 속도보다 빠르지 않다'고 생각하여 가능한 독백의 어조로 최면상
태에서 글을 쓰려고 노력했다. 이 글의 토대는 이경진 씨의 2008년
일기이며, 이소호 시인이 몇 년간 읽고 곱씹은 뒤 맥주 두 캔과 다량
의 수면제 복용 후 최면상태에서 단 한 번에 작성된 것으로 퇴고 역
시 중복되는 언어와 뭉개진 단어를 손보는 것 말고는 날것의 문장 그
자체를 살렸다.
** 노아 바움백 감독, 2012.

던 친구가 생을 마감했다는 소식을 들었고, 천재들은 뉴욕으로 가서 살아남거나 죽는다는 이야기를 들었다. 2008년 5월 5일, 나는 시애틀에서 뉴욕으로 이주했다. 첫 집은, 진짜 집을 구할 때까지 머물렀던 퀸스 플러싱의 한국인이 운영하는 게스트하우스였다. 맨해튼으로 가는 지하철 안에서 흑인의 무리에게 또 다른 흑인이 맞아서 피를 철철 흘리며 다음 정류장에서 내렸던 기억도 난다. 그들은 날 보며 치나(중국인)라고 부르거나 티셔츠에 쓰인 영어 단어를 읽으며 조롱하고 지나갔다. 나는 그날로 곧장 무늬가 있는 티셔츠를 몽땅 버렸다.

두 번째 집은 브로드웨이 100가의 집이었다. 말만 맨해튼이지 볼품없는 동네였다. 홈리스들이 밀집된 동네로 집에 가는 길은 사건의 연속이었다. 그리고 나는 넉넉하지 못했기에 대부분 시간을 집에서 보냈다. 내가 사는 곳은 다섯 평짜리 스튜디오로 부엌과 욕실까지 딸린 집이었다. 작업 공간은 고사하고 바람을 넣은 침대가 집 전체를 차지하고 있었다. 한마디로 누워 있는 것만으로도 숨이 막히는 공간이었다. 부모님이 매월 부쳐주신 돈에서 월세와 생활비를 제하면 용돈은 고작 150달러가 전부였다. 때마침 미국의 국가 경제는 제2의 대공황이라 불릴 만큼 경제지표가 곤두박질쳤고, 한국의 집에서 보내는 돈은 한계가 있다 보니 나는 점점 가난해졌다. 월말이 되면 정말로 돈이 없어져 감자 한 포대를 샀던 기억이 난다. 집 안의 기본 옵션이었던 오븐에 감자를 구워 배고플 때마다 하나씩 먹고 '이제 침 대신 녹말이 나올 것 같다'고 농담을 건네기도 했었다. 사료처럼 퍼먹는 시리얼이나 대용량 그릭 요거트는 가난한 삶의 유일한 낙이었다. 그러나 나는 건강식을 먹을 수 없었기에 계속 살이 쪘다.

유일하게 돈이 없어도 사람을 만나고 소통할 수 있는 곳은 어학원이 아닌 교회였다. 교회에 가면 좋은 사람들을 많이 만났다. 특히 우리 교회의 교인들은 운이 좋게도 파슨스나 줄리아드, 맨해튼 음대 학생들이었고, 시간이 남으면 자신의 작업에 관해 이야기를 나누기도 했다. 성경 공부를 핑계로 수요일에도 토요일에도 나는 교회에 갔다. 우리는 진정으로 일주일의 안녕을 빌며, 하나님의 자녀로서의 서로에 대한 사랑을 확신했다.

예배 당시 나는 비올라를 전공하는 동갑내기 친구를 알게 되었다. 캠퍼스가 좁은 맨해튼의 모든 대학의 특성상 친구의 강의실은 우리 집 근처에 있었고 친구는 공강 시간 틈틈이 나를 카페 에드거로 데려갔다. 에드거 카페는 에드거 앨런 포의 집 그 자리에 지어진 카페로 인테리어는 낡고 조도는 초콜릿케이크의 형태를 알아볼 수 없을 정도로 어두침침했다. 하지만 나는 그곳을 좋아했다. 코트를 여미고 걸어서 에드거 카페에 가서 시차를 피해 친구에게 전화하는 게 유일한 낙이었다. 일기에 자주 그렇게 썼다. 엄마에게 다 괜찮다고 말했다. 다 괜찮았기 때문에 아무 일도 일어나지 않았다고 말했다.

하지만 뉴욕에서의 우정도 오래가지 못했다. 나는 친구들과 함께 고려원의 팥빙수를 사 먹지도 못했고 한국 노래가 깔린 가라오케에 가지도 못했다. 우정을 유지하려면 그런 것들이 필요하다. 나는 맥주를 사서 집에 오거나 집에서 구운 감자를 먹으며 라디오를 듣는 것 말고는 아무것도 할 수 없었다. 돈이 없는 나는 사람과 사람을 만날 기회조차 애초에 박탈당한 것이다. 가난을 들키지 않기 위해 했던 수많은 거짓말. 그리고 "너는 왜 늘 안 돼?"라고 순수하게 물었던 친구들의 눈빛. "오늘 너희와 놀면 한 달 내내 감자만 먹어야 해"라고 대답하는 대신 나는 그렇게 친구를 잃었다. 세상에 이렇게 많은 부자가 있다는 것을 그때 처음 알았지. 사실 애초에 나는 우정의 수명을 예감하고 있었는지도 모르겠다. 우리가 타고 내리는 지하철역의 인종만 봐도 알 수 있다. 옷차림이, 눈빛이, 행동이 달라진다. 여기는 가난할수록 위험하다. 가난할수록 뚱뚱하다. 에이즈에 걸렸다는 종이를 목에 걸거나 나는 굶어도 우리 개에게 줄 음식을 달라는 노숙자들이 누워서 나를 바라본다. 그리고 그들의 분노는 약자를 향한다. 그들은 내게 와서 자주 협박했다. "돈 내놔. 이 동양인 년아." 나는 자주 위험에 노출되었고 때문에 현실을 절감했다. 가난하면 아무것도 가질 수 없다. 가난하면 꿈조차 꿀 수 없다. 예술의 중심이라던 이곳에서도 시는 노숙자들이 쓰는 것이었다. 그들은 벽에 시를 전시해두고 적선하는 이에게 답례로 자신이 쓴 시를 적어 준다. 문학은 적선의 대가다. 그럼 돈이 되는 예술은 무엇일까. 즐비한 갤러리들을 보며 생각했다. 저 그림을 집 안에 걸 수 있다면 저만한 벽이 집에 있다는 이야기겠지. 광활하다는 말밖에는 어떤 말도 떠오르지 않는 캔버스와 거기에 낙서처럼 그려진 그림들. 그리고 연주자보다 나이 든 악기를 든 사람들이 횡단보도를 건너던 것이 생각난다. 음계를 짚는 손가락은 얼마나 진지한가. 목소리는 결국 넉넉한 자본과 세월에서 흐르는 것이었음을, 나는 생각했다. 그래서 나는 매일 일기를 적었다. 또박또박 쓰고, 지우고, 썼다. 언젠가 이 문장도 자본과 세월을 만나면 달라져 있겠지. 누군가는 읽고 진지하게 '참 좋은 글을 쓴다'고 말하겠지. 다만 그게 오늘이거나 조금 가까운 미래이거나 이번 생은 아닐 것 같다는 예감이 들었다. 예술은 장르도 '우리'도 조각조각 나눴다. 불공평하다고 생각했다. 애초에 주어진 기회가 다른 삶. 익숙하고 서러운 마음이 들었으나 아무에게도 전하지 못했다. 영어를 원어민처럼 할 수 없기 때문에 나의 예민한 감정을 영어로 단 한 줄로 남길 수 없음에 낙심했다. 내가 할 수 있는 말이라곤 생활에 필요한 영어뿐이다. 그러니까 나는 생활은 할 수 있으나 단 하나도 제대로 표현하지 못했다. 나는 베이글 하나와 요구르트를 먹고 벤티 사이즈 아메리카노 한 잔을 하루에 나누어 마시며 생각했다. 극단적 소통의 부재 속에서 나는 더듬더듬 단어를 하나씩 찾아 읽었다. 언어나 자본이 부족하면 무시받는다. 나는 매일 무시받았다. 당해도 싼 동양인이 되었다. 당해도 쌌지만 당한 것을 누구에게도 관심받지 못했다. 뉴욕은 내게 그랬다.

그래서 나는 돈이 들지 않는 취미를 만들기 시작했다. 읽지는 못해도 서점에 가는 것을 참 좋아했다. 처음에는 전자사전을 들고 더듬더듬 시집을 읽어보려 노력했으나, 포기하고 예술 서적 코너로 발을 옮겼다. 예술 서적 코너에는 다양한 도록이, 다양한 콘셉트로 누워 있었다. 서점에서 여러 사람의 손을 거친 뒤 결국에는 종잇값도 안 나오는 가격으로 누워 있는 도록을 보며 다양한 사람을 만났다. 그들은 지옥에 있거나 기괴한 모습을 하거나 고통에 울부짖음으로써 평화를 염원하는 것 같았다. 물감으로 뒤덮인 사람들은 어제를 닮았다.

"그림은 사람처럼 실제로 겪어봐야 알 수 있어."

나는 모서리가 마모된 도록을 덮으며 그의 말을 떠올렸다.

새로운 취미를 찾아 나선 것은 귀국일이 두 달 남은 시점이었다. F-1(학생비자)이 60일까지는 학원에 다니지 않아도 된다는 맹점을 노린 것이었는데 나는 그 기간을 뉴욕 여행 기간으로 잡았다. 내가 수없이 오갔으나 단 하나도 제대로 본 적 없는 것들을 보러 갔다. 수없이 갔던 서점의 도록에 얹힌 사진을 실제로 경험한 것은 그때가 처음이었다.

뉴욕 현대미술관은 금요일마다 오후 네 시 이후로는 무료였고, 나는 시간에 맞춰 사람들 사이에서 이리 치이고 저리 치이며 그림을 보았다. 그림은 말하지 않아도 말 거는 방법을 잘 알고 있었다. 벤치에 가만히 앉아 나는 그림을 본다. 그림은 제목과 작가와 나만 알면 된다. 나는 어떤 것에는 오래 머물다 어떤 것은 재빠르게 스친다. 미술관은 한 권의 시처럼 나누어 읽을 수 있다.

벽에 걸린 프리다는 머리를 다 자르고 의자에 앉아 있었다.

남자 양장을 입은 프리다는, 울고 있었다.

아주 흐릿하게 내 눈 속에 가득 담겨, 울고 있었다.

나는 그에게 물었다.

"있잖아, 이 사람은 왜 자기 자신을 괴롭힐까?"

"글쎄, 표현하지 않고는 참을 수 없었기 때문이겠지."

"표현하지 않을 수 없을 만큼 괴로운 일이 세상에 정말 존재한다고?"

"예술가들에게는 그게 일상이겠지. 그리고 그들은 그걸 전시하고, 우리는 관람하고."

"작가는 비밀이 없어야겠네."

"아니지, 작가는 비밀이 있어야지. 거짓말에 능숙해야지."

"왜지?"

"거짓을 진실이라고 모두를 믿게끔 해야 하니까. 생각해봐. 너라면 진짜 비밀을 여기 전시할 필요는 없잖아."

"아니지, 나라면 진짜 진실을 여기 전시하고 거짓말이라고 말할 거야. 그게 최고의 거짓말이니까."

우리는 각자 좋아하는 그림에서 조금 더 머무르다가 집으로 왔다.

무엇이 더 좋았는지는 말하지 않아도 알 수 있었다.

나는 현대를, 너는 고전을 좋아했다.

나는 구체적인 형태를 버린 것을 좋아했고, 너는 구체적인 세계를 좋아했다.

그래서 우리는 집으로 오는 길에 서로 사랑하는 것에 관해 이야기하지 않았다.

이야기하지 않아도 알 수 있었다.

너는 결혼하고 나는 결혼하지 않았다.

너는 예술 하지 않았고 나는 예술 하였다.

그러나 나는 너와 결혼하고 싶었다. 그게 내가 예

술 하였던 이유였다.

다음 주에는 지하철을 오래 타고 브루클린뮤지엄에 갔다. 우리는 영국의 현대미술가 길버트 앤 조지를 봤다. 자기 자신만 나오는 작품 사이에 서 있는 그들은 어쩐지 기이해 보였다. 둘은 사랑하는 사이라고 했다. 듀오라고. 커플이 아니고 듀오라는 말이 주는 느낌은 여러모로 탄탄해 보인다. 깨질 것 같지 않았다. '살아 있는 조각'이라니. 자의식이 강하다고 생각했던 것 같다. 그러나 지금 생각해보면 아무에게도 피해 주지 않고 자전적 예술을 하는 방법은 재료가 나 자신뿐이어서 그랬겠다고 생각한다. 내가 자주 나를 떠올린 이유도 이와 같다. 결국 모두에게 상처 주었지만, 최소한의 방식으로, 그러나 분명하게 칼을 겨누고 찔렀다. 나는 다원 예술을 하는 작가가 되고 싶었다. 내가 할 수 있는 범위 안에서 법칙을 세우고 나를 뭉치고 깎아 내리면서 새로운 세계를 접하고 싶었다. 그리고 더듬더듬 말 걸고 싶었다. 작가는 작품을 어떻게 대해야 하는 걸까. 나는 왜 아직도 가난하게 살고 있을까. 여자 시인의 미래가 있

다면 왜 다들 불행하다고 앞다투어 말하는 것일까. 질문이 침묵으로 이어질 무렵,

"똑똑한 여자는 불행을 먼저 알아보는 법이지. 그래서 외로워지는 길을 선택하는 거야."

그가 옆에서 웃으며 이야기했다. 나는 대답하지 않고 '진짜 거지 같다' 생각했다.

일요일에는 늘 그렇듯이 교회에서 처음 본 누군가 내게 말을 걸었다.

"너 시 쓴다며? 그럼 시인이야?"

"아니, 시인이 아니야. 한국은 등단해야만 시인이니까."

"근데 매일 시를 쓴다며."

"매일 시를 쓴다고 시인이면 여기 맨해튼의 거지들도 다 시인이지 뭐."

나는 절망을 감추고 웃었다. 매일 생수통 세 개로 온몸을 씻는 콜럼버스 서클 59가의 노숙자 아저씨를 보며 우리가 같다고 생각했다. 한국인, 여성인 것 말고는 나는 매주 나의 정체성을 부정했다. 하나님 아래서는 솔직해야 하니까. 거짓말은 죄악이니

까. 시는 쓰고 있는데 시인이 아님을 거듭 부정으로 긍정했다. 적어도 2008년의 한국어를 쓰는 나는 등단을 거치지 않고서는 문학 한다고 할 수 없었다. 진짜 하고 싶은 일이긴 한데 진짜로 하고 있지 않은 나는.***

나는 에드거의 가난과 애너벨리 죽음에 대해서 생각했다. 시인은 죽어서야 누군가가 평가해주는 거야. 근데 그 평가가 과연 시인을 위한 것일까. 이렇게 우중충한 집에서 살았던 걸 보면 분명 불행했을 거야. 뉴욕에서는 사는 게 너무 바빠서 아무도 시집 따위는 읽지 않으니까. 나는 미국의 신께는 단 한 줄도 올릴 수 없는 기도문을 작성하며 울었다. 신은 날 버렸나봐. 통성기도를 핑계로 계속 읊조리며 울었다.

예배가 끝나면 늘 그렇듯 나는 그와 걸었다.

옛날에 누가 입고 죽었는지도 모르는 옷들을 빈티지 가게에서 사서 입고 뉴욕의 길을 걸었다.

*** 영화 「프란시스 하」의 대사. "제 직업요? 설명하기 복잡해요. 진짜 하고 싶은 일이긴 한데 진짜로 하고 있진 않거든요."

걷고, 걷고, 걷고, 걷고, 걷고, 에비뉴와 스트리트를 돌고, 돌고 집을 지었다.

생각해보니 난 잘 지내고 있지 않다.

새벽, 뉴욕에는 눈이 왔다. 라디에이터와 벽 사이에서 쥐들이 이를 긁는 소리가 들렸고, 창문은 오들오들 쉽게 흔들렸다. 앙상한 나무로 가린 오늘의 날씨는 흐림. 공사 중인 지하철은 굉음을 내며 우리 동네를 지나갔다. 덕분에 새도 사람도 울지 않고 눈 속에 폭 잠겨 아무도 나오지 않았다. 나는 누워서 흰 페이지를 펼친다. 그가 다시 물었다.

"시인이 아니라면 그럼 너는 뭘 하는 사람이야?"

"나는 시를 쓰는 사람이지."

"시는 뭔데?"

"글쎄, 시가 뭘까. 이미지를 포착해서 그림을 그리는 사람이지. 글씨로."

나는 말하고, 그는 다시 눈을 감는다. 아무도 내 그림을 보지 않는다. 나는 여기 이렇게 적는다. 나는 다른 세계를 만지다 그만둔다. 띄엄띄엄 떨어진 문장으로 나를 받아 적는다. 한 줄로 당신을 표현한다면 뭐라 적겠는가 묻고, 뉴욕에서는 공용어로 통용되지 않는 한국어로 적는다.

'살아서 뭘 하겠어요. 난 이렇게 이름이라도 남길래요.'

이따금 그와 여름을 걸었던 기억을 떠올린다. 당신은 예술가고 난 아무것도 아니어서 슬펐던 기억.

사람들이 웃으며 미래에 확신을 더하고 신에 대해 맹세할 때 나 혼자 신을 의심하며 용서를 빌었던 기억. 이곳에서의 문학은 작고 너무 가벼워서 영영 미완성일지도 모른다고 말했던 기억.

약을 털어 넣고 의사에게 전화를 걸어 내 이야기를 한다. 의사는 비밀을 지킬 줄 아니까.

마크 로스코의 레드를 손목에서 건져내며, 나는 짓눌린 레드에 대해 생각한다. 고흐의 사라진 왼쪽 귀에 대해 생각한다. 프리다 칼로의 부서진 척추에 대해 생각한다. 사람들은 다른 사람들의 불행에 쉽게 의미를 둔다. 그러나 그것도 이름을 가진 자에게만 허락된다. 나의 불행은 나 자신이다. 결국에 나는 내가 가장 원했던 너에게 사랑받지 못했으며 결혼하지 못했고 그러므로 아이도 없다. 뉴욕은 그렇다. 아무도 없고, 모두가 불행하다. 넘치는 관광객 사이로 불빛도 영영 꺼지지 않고 내가 좋아하던 가게들만 줄줄이 망한다.

나는 공원을 거슬러 걷는다. 한 사람이 떠났던 자리를 바라본다. 그는 영영 돌아오지 않을 것이다. 살며 사랑하지 않으며 살지어다. 사실 그를 사랑했다고 뒤늦게 말했으나 듣고자 하는 귀가 없어 영영 떠났던 문장을 적던 날.

롱아일랜드에서 맨해튼을 바라보며 그에게 속삭였다.

"나 하고 싶은 게 생겼어. 시를 계속 쓰고 싶어. 그런데 그 시는 진짜 아름다운 시가 될 거야."

"너는 분명 잘할 거야."

그가 말했다.

그리고 나는 완벽하게 실패했다.

불온하고 불완전한 편지

지은이 이소호
펴낸이 김영정

초판 1쇄 펴낸날 2021년 7월 25일
초판 7쇄 펴낸날 2023년 3월 29일

펴낸곳 (주)현대문학
등록번호 제1-452호
주소 06532 서울시 서초구 신반포로 321(잠원동, 미래엔)
전화 02-2017-0280
팩스 02-516-5433
홈페이지 www.hdmh.co.kr

ⓒ 2021, 이소호

ISBN 979-11-90885-90-4 04810
      979-11-90885-43-0 (세트)

* 책값은 뒤표지에 있습니다.

현대문학 핀 시리즈 시인선